Tucholsky   Wagner   Zola   Scott   Sydow   Fonatne   Freud   Schlegel
Turgenev   Wallace
Twain   Walther von der Vogelweide   Fouqué   Friedrich II. von Preußen
Weber   Freiligrath   Frey
Kant   Ernst
Fechner   Fichte   Weiße Rose   von Fallersleben   Richthofen   Frommel
Hölderlin
Engels   Fielding   Eichendorff   Tacitus   Dumas
Fehrs   Faber   Flaubert
Eliasberg   Ebner Eschenbach
Feuerbach   Maximilian I. von Habsburg   Fock   Zweig
Ewald   Eliot   Vergil
Goethe   Elisabeth von Österreich   London
Mendelssohn   Balzac   Shakespeare   Dostojewski   Ganghofer
Lichtenberg   Rathenau   Doyle   Gjellerup
Trackl   Stevenson   Hambruch
Mommsen   Tolstoi   Lenz   Droste-Hülshoff
Thoma   Hanrieder
von Arnim   Hägele   Hauff   Humboldt
Dach   Verne
Reuter   Rousseau   Hagen   Hauptmann   Gautier
Karrillon   Garschin
Defoe   Baudelaire
Damaschke   Hebbel
Descartes   Hegel   Kussmaul   Herder
Wolfram von Eschenbach   Dickens   Schopenhauer   Rilke   George
Darwin   Grimm   Jerome
Bronner   Melville   Bebel   Proust
Campe   Horváth   Aristoteles   Voltaire   Federer
Bismarck   Vigny   Barlach   Herodot
Gengenbach   Heine
Storm   Casanova   Tersteegen   Grillparzer   Georgy
Chamberlain   Lessing   Langbein   Gilm   Gryphius
Brentano   Lafontaine
Strachwitz   Claudius   Schiller   Kralik   Iffland   Sokrates
Katharina II. von Rußland   Bellamy   Schilling
Gerstäcker   Raabe   Gibbon   Tschechow
Löns   Hesse   Hoffmann   Gogol   Wilde   Vulpius
Luther   Heym   Hofmannsthal   Gleim
Roth   Klee   Hölty   Morgenstern   Goedicke
Heyse   Klopstock   Kleist
Luxemburg   Puschkin   Homer   Mörike   Musil
Machiavelli   La Roche   Horaz
Navarra   Aurel   Musset   Kierkegaard   Kraft   Kraus
Nestroy   Marie de France   Lamprecht   Kind   Kirchhoff   Hugo   Moltke
Laotse   Ipsen   Liebknecht
Nietzsche   Nansen   Ringelnatz
Marx   Lassalle   Gorki   Klett
von Ossietzky   May   Leibniz
vom Stein   Lawrence   Irving
Petalozzi   Knigge
Platon   Michelangelo   Kafka
Sachs   Pückler   Kock
Poe   Liebermann
de Sade   Praetorius   Mistral   Zetkin   Korolenko

Der Verlag tredition aus Hamburg veröffentlicht in der Reihe **TREDITION CLASSICS** Werke aus mehr als zwei Jahrtausenden. Diese waren zu einem Großteil vergriffen oder nur noch antiquarisch erhältlich.

Symbolfigur für **TREDITION CLASSICS** ist Johannes Gutenberg (1400 — 1468), der Erfinder des Buchdrucks mit Metalllettern und der Druckerpresse.

Mit der Buchreihe **TREDITION CLASSICS** verfolgt tredition das Ziel, tausende Klassiker der Weltliteratur verschiedener Sprachen wieder als gedruckte Bücher aufzulegen – und das weltweit!

Die Buchreihe dient zur Bewahrung der Literatur und Förderung der Kultur. Sie trägt so dazu bei, dass viele tausend Werke nicht in Vergessenheit geraten.

Fragmente aus dem Tagebuche eines Geistersehers

Von dem Verfasser Anton Reisers

Karl Philipp Moritz

Impressum

Autor: Karl Philipp Moritz
Umschlagkonzept: toepferschumann, Berlin

Verlag: tredition GmbH, Hamburg
ISBN: 978-3-8424-7015-6
Printed in Germany

Karl Philipp Moritz

Fragmente aus dem Tagebuche eines Geistersehers

Von dem Verfasser Anton Reisers

Berlin 1787

Bei Christian Friedrich Himburg

Vorrede des Verlegers.

Der Verfasser dieser wenigen Bogen, hat sich in seinen gelehrten Arbeiten, deren er seit zehn Jahren im Verlage der mehresten Berliner Buchhändler die Hülle und Fülle produciret, einen solchen Plan gemacht, daß wenn ihm die Lust anwandeln sollte, Wanderungen zu machen, er nach Belieben abbrechen könne, ohne dem Ganzen zu schaden.

Dies ist der Fall bey dieser Schrift, die anfänglich 16 Bogen stark werden sollte und sich nun auf die Hälfte gebracht findet.

Wenn der Verfasser einstens seinen vaterländischen Boden wieder betreten sollte und die Sirocco's keinen widrigen Einfluß auf ihn gemacht haben, so wird er sich für Geld und gute Worte wohl zureden lassen, diese Materie fortzusetzen.

An...

den 1sten Juni 1782.

Wie lieblich scheint die Sonne am Abend in mein kleines Fenster. – Dort auf der Wiese weiden noch die Heerden – die einzelnen Eichen werfen ihren langen Schatten jenen Berg hinunter. –

Was schimmert dort so weit in der Ferne am Horizonte? – es sind die schmalen Purpurstreifen des Abendrothes – wer wohnt unter jenem fernen Himmelsstriche? Was für Gedanken, was für Wünsche steigen dort empor? –

Menschen sind hin und her zerstreut auf dem ganzen Erdenkreis – wer faßt alle ihre Wünsche, alle ihre Hoffnungen in eins zusammen? wer birgt sie in seinem Busen, um sie alle alle dereinst zur Vollendung zu bringen, daß keiner vergessen wird? –

O dann werd' auch nicht vergessen werden, sen ich auch so einzeln unter den Menschen, und so verlohren als ich wolle. –

Die Heerden kehren heim, und eilen zu ihrer Lagerstatt – sie schweiften den ganzen Tag umher, und keines hat sich verlohren, jedes findet am Abend seine gewohnte Herberge wieder.

Der arme Hirt aus unserm Dorfe, der hinter dieser Heerde hergeht, legt sich am Abend nieder, um Morgen sein Tagewerk von vorne wieder anzufangen. – Er glaubt, er werde nur seine Heerde – aber er weiß nicht, daß sich unbemerkt der Keim zur Vervollkommnung und Veredlung seines Wesens in ihm bildet – daß jedes Grashälmchen, welches er, ohne Absicht sein Auge an den Boden heftend, betrachtet, seine Kraft zu vergleichen und zu unterscheiden erhöht, daß er mit jedem Blick, womit er Wiese und Berg und Thal umfaßt, und dann wieder sein Auge auf ein kleines goldnes Würmchen fallen läßt, daß unter Kräutern und Blumen lebt, das Ganze mit Rücksicht auf das Einzelne und das Einzelne mit Rücksicht auf das Ganze betrachten lernt.

Du armer Hirt wirst also in der Reihe denkender Wesen nicht vernachlässiget, nicht vergessen – Dein Rang ist dennoch in der Geisterwelt, ob du gleich den ganzen Tag über nur deine Kühe weidest.

Ist denn also keiner ausgeschlossen? – welch eine unendliche Reihe denkender Wiesen steigt vor meinem Blick empor!

Wo seid ihr alle, ihre Millionen, deren Staub sich schon wieder mit anderm Staube gemischt hat?

Habt ihr euch nicht verlohren in einander? – seyd ihr noch in derselben Zahl da, wie ihr wäret, da eure Körper abgesondert von einander, und jeder in sich gedrängt, so viele verschiedene Wesen ausmachten, als verschiedne Gesichtszüge, verschiedne Nahmen waren.

Die Gesichtszüge, die Nahmen sind verschwunden – was unterscheidet euch vom Körper ganz entblößte Wesen noch von einander?

Ist es die unendliche Mannichfaltigkelt der Erinnerungen aus eurem Erdenleben? – Aber was bleibt euch denn nun, um diesen Unterschied durch die Dauer eures Wesens fortzupflanzen? Sind die Eindrücke, die ihr nun erhaltet, denn noch so unendlich mannichfaltig verschieden? – oder treffen die Erinnerungen mehrerer aus diesem Erdenleben zusammen und machen vielleicht mehrere zusammen ein Ganzes aus. –

Wie oft wünschen nicht Seelen hienieden schon in einander zuschmelzen, mit allen ihren Gedanken, allen ihre Erinnerungen, die sie von Kindheit auf hatten, eins zu werden.

Und ich sollte das Ueberströmen meines Wesens in ein andres scheuen? – und doch scheu ich es? – Doch ist alles auf einmal so todt, so abgeschnitten, so zerrissen – wenn ich mein Wesen auch mit einem Wesen höherer Art vertauschen sollte. –

Dem schaudervollen Uebergange zu einem andern Seyn muß erst das Werden seinen Weg bahnen; durch den Mittelbegriff des allmäligen Entstehens kann unser Geist nur in die Zukunft blicken, und die Sprache selbst muß zu diesem Begriff ihre Zuflucht nehmen, wenn sie die Zukunft bezeichnen will. – Die Sonne ist untergesunken die Abendglocke tönt im Dorfe – das Tagewerk der Arbeiter ist vorbei – die Natur hat wiederum einen großen Akt vollendet, und läßt nun den Vorhang fallen. –

An...

Am 24sten Juli 1782.

Noch find' ich also, selbst bei einem siechen Körper, hier das Glück, daß ich in der weiten Welt vergeblich suchte. – Die Erndte beginnt nun, und ich kann ein Zuschauer von den frölichen Festen der Landleute seyn. – Ich kann mich so nahe an die liebevolle Natur halten; sie ist meine Mutter, meine Freundinn.

Ihr wohlthätiger Hauch gießt Balsam in meine verwundete Seele. – Meine kranke Phantasie wird immer reiner und heller wieder, indem sie allenthalben reizende wohlthätige Bilder sammlet, und sie harmonisch ordnet; jedes Blättchen am Baum, das ich mit Wohlgefallen betrachte, flößt mir sanfte Empfindungen ein.

Ich kann mich wieder der hangenden Birke und der hohen Fichte freuen, die ohngeachtet der Verschiedenheit ihrer Natur, ihre Zweige von oben gesellig zusammen flechten.

Der Anblick der wollichten Heerde unter dem Schatten eines Baumes, in das grüne Graß gelagert, hat etwas Aug' und Herz erquickendes für mich, das zugleich die Seele unvermerkt erhebt, und sie für jeden Eindruck aus der Natur empfänglicher macht – die weisse weiche wolle– das sanfte Grün – die ovalgerundeten Blätter – der zierlich gekräuselte Schatten – vereinigen sich zusammen, um in der Seele ein Bild auszumahlen, wodurch jede Nerve harmonisch vibriret, und indem auf die Weise unser Blick das Weltall, auch nur in einem einzigen seiner Punkte, gleichsam von der rechten Seite faßt, von welcher es der höchste Verstand selbst mit Wohlgefallen durchschaut, wo sich alle anscheinende Disharmonie in Harmonie auflöset – so erhebt auch dieser Anblick die Seele, und macht sie fähig, nach einem verjüngten Maßstabe die Grüße und Schönheit dieses unbegreiflichen Weltalls zu messen – ihr wird ein Blick in das innerste Heiligthum der Natur eröfnet – sie staunet nicht über das eigentlich sanfte Grün, die weisse Wolle, die ovalgeründeten Blätter, und den zierlich sich kräuselnden Schatten, sondern über die großen, bewundernswürdigen Verhältnisse, die sie in dem Augenblick, ohne es selbst zu wissen, überrechnet.

Als ich gestern dieses Anblicks eine halbe Stunde lang genossen hatte, da erheiterte sich meine trübe Seele wieder – mein Blick wurde freier – meine Brust athmete leichter – so will ich denn öfter zu diesem Anblick meine Zuflucht nehmen, ich darf ja aus meiner Wohnung nur wenige Schritte darnach thun. –

Kehrte ich nicht getröstet, und mit herzerhebenden Gedanken wieder heim – o, wen hast du liebevolle Natur, wohl je ungetröstet von dir gelassen, der Trost bei dir suchte?

Und was war mein Kummer ? – war er nicht eben in dieser Verstimmung meiner Phantasie gegründet, die der feste Anblick der mich umgebenden Natur wieder heilte. – Was war es anders, als daß mein Auge den unrechten Gesichtspunkt gefaßt hatte, aus der ich diese schöne Welt betrachtete, in der ich nun anfing, Verwirrung und Unordnung, Unglück und Jammer zu sehen, wohin ich blickte, und zu ahnden, wohin ich nicht blickte?

Ist nun nicht meine Seele wieder gestärkt? meine Denkkraft nicht wieder in Thätigkeit gesetzt? Und das Heiligungsmittel liegt mir so nahe – ich darf das Kraut nur pflücken, das zu meinen Füßen wächst, um meinen Schmerz zu lindern.

Ich stehe da, und betrachte die arbeitsamen Landleute – wohin ich blicke, sehe ich Leben und Bewegung – Erreichung der mannichfaltigen Endzwecke der Natur – im gleichen Takt heben die Arme der Erndter sich mit den Sensen auf, und die vollen Aehren sinken nieder – der Schweiß tröpfelt von der Stirn des Arbeiters, aber er freuet sich seiner Gesundheit und seiner Stärke – und auf den Ersatz seiner aufgewandten Kräfte durch die zubereiteten Nahrungsmittel und den süßen Schlaf. –

Mit jedem wiederhohlten Sensenschlage kommt Takt und Ordnung in sein Leben, und in alle seine Gedanken – Er erfüllt in jedem Augenblick den Zweck seines Daseyns, indem er durch die Thätigkeit seines Körpers unvermerkt seinen Geist zur Ordnung zum Ausdauren im Denken gewöhnt, das ihm, wenn er dereinst ohne Körper seyn wird, noch zu statten kommen soll, und indem er zugleich die großen Endzwecke der Natur zur Erhaltung und Ernährung der Körper befördern hilft, in denen und durch die noch mehrere Geister zu einem Daseyn höherer Art gebildet werden sollen.

Eine wohlthätige Unwissenheit umhüllet euren Blick, ihr Arbeiter im Schweisse eures Angesichts – Um euch her ist die große unendliche Welt, ihr aber seyd auf den Fleck der Erde geheftet, wo ihr euer Leben empfingt – hier wohnet ihr eine Zeitlang in euren engen niedrigen Hütten – dem Boden, den ihr bewohnt zwingt ihr auch eure Nahrung ab – und dann legt ihr euch auf einen kleinen Fleck eures väterlichen Bodens schlafen, und versammlet euren Staub zu dem Staube eurer Vorältern. –

Es hat euch nie eingeleuchtet, was ihr einst seyn werdet, die ihr dort schlummert – Eure Kinder die jetzt auf eurem Staube gehen, werden entschlummern wie ihr – aber einst muß die große Erndte erscheinen – es kann nicht Blendwerk, kann nicht Täuschung seyn. – Sollte die große Natur, die kein Röhrchen, keine Faser ohne Zweck und Absicht schuf – hier so plötzlich aufhören nach Zweck und Absicht zu handeln – sollte sie ewig säen, und säen, und säen – ohne je zu ärndten? – sollte dieß Erdenleben dessen so mancher nur wenige Stunden froh wird, ihr letzter Zweck seyn?

Sind nicht die Gedanken des Menschen, womit er die Ordnung und Harmonie in der ganzen Natur bemerkt, das edelste in der ganzen Natur. –

Und dieser reinste abgezogenste Stoff, auf dessen Bildung alle Eindrücke aus der Körperwelt unaufhörlich hinarbeiteten, der sollte sich wieder, ohne nun weiter genutzt zu werden, mit der übrigen Körpermasse mischen? So verschwenderisch sollte die sonst so sparsame Natur zu Werke gehen, daß sie alle ihre Kräfte aufböte, um durch den umgebenden Körper den Geist eines Menschen zu bilden, den sie zugleich mit diesem Körper wieder zerstörte?

Zwar bildet sie im Frühling ein Blatt am Baume, ründet es sorgfältig, und versieht es höchstkünstlich mit unzähligen Röhrchen, wodurch es seinen Nahrungssaft in sich saugt, und seine Bestandtheile sich vermehren – und eben dieß Blatt läßt sie im Herbst wieder welken, abfallen, und in den Staub zertreten werden – denn sie liebt die Verjüngung; sie zerstört, um immer aufs neue wieder hervorzubringen – sie scheint das Altgewordne das Verwelkte zu vernachlässigen – aber sie thut es nicht; sie läßt kein Stäubchen von dem Verwelkten verlohren gehen – und dann läßt sie auch dasjenige, auf dessen Wachsthum und Bildung sie mehr Mühe gewandt zu haben scheint, immer länger dauern, als das worauf sie weniger Sorgfalt wendet, – der Baum, der Jahre zu seinem Wachsthum bedurfte, dauert länger, als seine Blätter, die ein Frühling zur Vollkommenheit brachte. –

Zwar finden sich die Bestandtheile eines verwelkten, in Staub verwandelten Blattes vielleicht in Ewigkeit nie wieder so zusammen, wie sie einmal am Baum saßen, da das Blatt seinen vollkommnen Wachsthum erreicht hatte – Aber die Natur wirkt den Stoff der verwelkten Dinge in einander, und formt ihn nach und nach zu neuen Wesen um. –

Nur ein Wesen, dem sie Bewustseyn und Selbstgefühl verlieh, kann ohne seine gänzliche Vernichtung nie der Stoff zu einem andern Wesen werden – Hier wäre also allein der Faden der die Zerstörung sonst immer an neues Daseyn knüpft, gänzlich abgeschnitten – Hier wäre Mangel an Zusammenhang, Verwirrung und Unordnung. –

Oder sollte ich lieber glauben, daß die Natur nur auf die Erhaltung und Fortpflanzung der Körperwelt, als ihren eigentlichen Zweck, hinarbeite, und daß die Erhöhung der Denkkraft und die Veredlung des Geistes, nur eine zufällige Folge bei dieser ihrer immerwährenden Bestrebung sey, woran sie selbst nie dachte, wodurch sie etwas edleres hervorbrachte, als sie eigentlich hervorbringen wollte? –

Was sollte mich denn bewegen, so herabwürdigend von ihr zu denken, daß ich sie unter mich selbst herabsetzte, da ich sie in allen übrigen so viel weiser und verständiger, als mein eignes denkendes Wesen finde, daß ich kaum mit aller meiner Denkkraft ihrem großen großen Plane von ferne nachspähen kann, geschweige denn, daß ich an ihrer Stelle ihn hätte entwerfen können.

Es scheint mir also, als ob das, was ich die Natur nenne, weiser und verständiger ist, als ich – In so fern ich mir aber nun unter der Natur die Einrichtung der Dinge außer mir denke, so wie sie ohne mein Zuthun sind, sehe ich wieder nicht, wie eine blosse Einrichtung an und für sich selber, schon als ein verständiges und weises Wesen betrachtet werden kann, noch wie sie sich selbst habe machen können. –

Hier bleib ich für jetzt mit meinem Nachdenken stehen – und ruhe sanft in dem Gedanken, daß ich in der Ordnung der Dinge mit getragen und erhalten werde, worin nur die Formen aber nicht die Bestandtheile der Dinge vernichtet werden – Bei meinen denkenden Ich fällt selber Form und Bestandtheile in eins zusammen – wenn es also vernichtet wird, so muß es ganz vernichtet werden, ohne daß es irgend zu einem neuen Wesen je wieder umgearbeitet werden könnte; und weil nun alles in der Natur gegen eine solche Verschwendung streitet, so sichert mir das die Fortdauer meines Daseyns, bis neue Zweifel meine Ueberzeugung wankend machen.

Aber ist es denn Verschwendung in der Natur, wenn sie einen menschlichen Geist bloß deswegen bis zu einer der höchsten Stufen der Vollkommenheit bildete, damit der hinterbleibende Abdruck desselben noch nach Jahrtausenden sich wieder in andern Geistern abdrückte, die ihre Vervollkommnung wiederum auf kommende Geschlechter fortpflanzen? –

Geht wohl die Spur irgend eines für die Welt verloschnen menschlichen Geistes ganz verlohren? dauert sie nicht in den unaufhaltsamen Folgen seiner geringsten Handlungen fort?

Die Erfindungen und Gedanken der einen Generation pflanzen sich auf die andre fort. – Die Summe der menschlichen Kenntnisse wächst beständig an – Die Natur scheint ihr Absehn vorzüglich auf die Erhaltung und Vervollkommung der ganzen Art gerichtet zu haben. Sie will nur immer Leben, neues verjüngtes Leben – Es soll nur immer ein Menschengeschlecht da seyn, in dem sie sich auf tausendfache Weise spiegelte, gleich viel, aus was für einzelnen Menschen dieß ganze Geschlecht besteht.

Wenn nur grüne Blätter wieder da sind, so kümmert es uns ja nichts, ob es dieselben, die schon einmal da waren, oder andre sind. –

Die junge Welt steigt empor, nnd freuet sich ihres Daseyn, ohne darüber zu trauren, daß die Vorwelt nicht mehr da ist, und ohne über den Gedanken zu erschrecken, daß sie auch einst nicht mehr da seyn wird.

In der ganzen Körperwelt ist ohngeachtet des ewigen Kreislaufs von Veränderungen aller Wesen kein Stäubchen mehr noch weniger, als von Anfang darin war. –

Wie ist es denn mit der Geisterwelt? nimmt diese denn ewig an der Anzahl ihrer einzelnen Wesen zu? – Wird sie mit dem Tode jedes Sterblichen neu Bevölkert? oder war sie schon von Ewigkeit wie jetzt? – Ist in ihr ein Kreislauf, wie in der Körperwelt oder ein immerwährendes Fortschreiten? –

Entsteht mit jedem Geiste, der in dem Körper durch die von allen Seiten zuströmenden Ideen, genährt und aufgezogen wird, ein We-

sen, daß vorher nicht da war? – oder war es vorher da? –- und wenn
es da war, warum ist es sich sich seines vorigen Zustandes nicht
bewußt? – wo ist seine vorige Selbstheit, sein voriges Ich geblieben? –

Wer rettet mich von dieser Fragesucht, die mich so unwillkürlich
anwandelt – warum führen meine Gedanken mich in unübersehba-
re Labyrinthe? – Nie werde ich auf diese Art einen Ausweg finden. –

So will ich denn den Lauf meiner Gedanken hemmen, und meine
Sinne dem Genuß der schönen Natur eröfnen – ich will meine große
Lehrerin fragen, und auf ihre sanfte Stimme horchen. –

Ich will sie am Wasserfall, in der Dunkelheit des Waldes und in
ihren Höhlen und Felsengrotten belauschen – ich will sie beschwö-
ren, mir das undurchdringliche Geheimniß meines Daseyns aufzu-
schließen – So lange will ich aus ihrem reinen Lichtstrom schöpfen,
bis meine Gedanken klar genug sind, um den milden Strahl der
Wahrheit aufzufassen.

Morgen in der Frühe will ich jenen Berg besteigen, und der kom-
menden Sonne entgegen sehen – bis dahin soll es stille seyn in meiner Seele, damit ich durch den erquickenden Schlummer der Nacht
zum neuen Denken gestärkt erwachen möge!

An...

den 26sten Juli.

Sie ging auf – noch eben so jung und schön, wie vor Jahrtausenden – Sie ist das Bleibende unter dem Vergänglichen; das Maaß wonach wir das Fortrückende abmessen – sie bildet Tage und Jahre, und Jahreszeiten, die immer in gleicher Ordnung wiederkehren.

Ihr milder Strahl kann dem Verzweiflenden wieder Muth, dem Betrübten Trost einflößen – sollte er nicht auch dem Zweifler ein Licht in seiner Seele anzünden, und den undurchdringlichen Nebel, der auf seinem Gesichtskreis ruhet verscheuchen können? – dacht' ich, da ich den Gipfel des Berges erstiegen hatte. –

Ein Hirtenknabe, hatte sich ins Gras hingelagert, und blickte starr in die aufgehende Sonne – sein Antlitz war von ihrem Schein geröthet – ich setzte mich neben ihn, und fragte ihn, woran er dächte? – an meinen Vater, antwortete er mit Seufzen. Ich seh' ihn in dem hellen Ringe stehn, den die Sonne um sich her hat.

Der Vater des Knaben war vor wenigen Wochen gestorben – einer der rechtschaffensten Männer, im Dorfe, bei dessen Grabe alles weinte, denn er hinterließ keinen einzigen Feind.

Siehst du deinen Vater in dem hellen Ringe, der um die Sonne her ist? Wie sieht er denn aus, dein Vater?

Er ist so hell wie die Sonne, er ist nun verklärt.

Er hat mir immer gesagt, ich sollte des Morgens früh in die Sonne blicken, da würde ich ihn wiedersehn, wenn er gestorben wäre.

Ich hatte diesen Mann wohl gekant, und wußte, daß er immer still und nachdenkend gewesen war, und dabei äußerst arbeitsam, fromm, und gewissenhaft – Uebrigens war er, so weit ich ihn kannte, nichts weniger, als ein Schwärmer – weil er besser, wie die übrigen Einwohner des Dorfs lesen und schreiben konnte, so machte er von dieser Geschicklichkeit zuweilen Gebrauch, wenn er jemanden einen Dienst leisten konnte.

Der Knabe zog ein Papier aus der Tasche und sagte, das habe ihm sein Vater auf dem Todbette gegeben, daß er die Worte auswendig lernen solle, damit, wenn er etwa das Papier verlöre, doch die Worte noch in seinem Gedächtniß wären. –

Wie erstaunte ich, da ich in schön geschriebner Schrift laß:

»Blicke alle Morgen früh in die Sonne, so »wirst du meinen Geist sehen.«

»Staub kehrt zu Staub – Licht zu Licht. In den Strahlen der Sonne, werd' ich wohnen. Die kühle Morgenluft wird vor mir her wehen.« –

Mir fielen, da ich diese Worte laß, alle die erhabnen ossianschen Bilder ein – wie die Geister der Helden nun als glänzende Meteore auf den Wolken reiten – wie sie in ihren luftigen Hallen sitzen, und den Gesängen des Barden lauschen, der in dumpfen Tönen die halbsichtbare Harfe schlägt. –

Ich wandte das Blättchen um, und laß weiter:

»Betrachte die Blumen auf dem Felde, wenn du deine Heerde weidest, und dann schlage dein Auge wieder in die Höhe, und denke: Himmel und Erde!«

«Und wenn du Himmel und Erde gedacht hast, so betrachte wieder die Blumen auf dem Felde, und die Grashalmen um dich her!«

Dieß schrieb ein Bauer? – wie kam er dazu? – In den letzten Worten schien mir ein großer Sinn zu liegen – Ich fand hier das Resultat meines eignen langen Nachdenkens wieder. –

Wenn du dir Himmel und Erde gedacht hat, so betrachte wieder die Grashalme um dich her! – Was heißt das anders, als gewöhne deinen Geist beim Einzelnen das Ganze und in dem Ganzen stets das Einzelne zu denken! – Ist das nicht die einzige wahre Vervollkommung unsrer Denkkraft – scheint nicht alles darauf abzuzwecken, uns in dieser beständigen Uebung zu erhalten? – Und warum sollte denn ein Bauer am Ende seines Lebens nicht eben so gut auf dieß große Resultat, auf diesen letzten Zweck seines ganzen irdischen Daseyns gekommen seyn, als irgend ein andrer Sterblicher, wenn dieser Zweck vielleicht im höhern Grade bei ihm erreicht war? –

Warum sollte auch seine Sprache und sein Ausdruck, zugleich mit der Erhabenheit seiner Gedanken und seines Gegenstandes sich nicht veredelt haben? –

Indem ich mir so die Entstehung dieser Zeilen wahrscheinlich zu machen suchte, schien mir in dem Antlitz des Hiertenknaben etwas einzuleuchten, das ich erst für bloße Täuschung hielt, welche bei einer solchen Scene sehr natürlich war – allein eine Thräne, die in seinem Auge stand, erhöhte so sehr seine Bildung, welche einen gewissen Adel der Seele verrieth, daß ich mich nicht enthalten konnte, genauer nachzuforschen, und wegen seines verstorbnen Vaters verschiedne Fragen an ihn zu thun. –

Jede Antwort, die er mir gab, machte mich aufmerksamer – aus seiner allerfrühesten Kindheit sey es ihm erinnerlich, daß er mit seinem Vater in einer Stadt gelebt habe – und dann wäre es ihm noch ganz wie im Traume, als ob er einmal eine weite, weite Reise über viele hohe Berge gemacht hätte. –

Sobald ich zu Hause kam, erkundigte ich mich im Dorfe nach dem verstorbenen Vater des Hirtenknaben, und erfuhr daß er sich vor zwölf Jahren ein kleines Gut angekauft, und seit der Zeit ganz wie ein gemeiner Bauer gelebt habe – Er sey gegen jedermann liebreich und freundlich gewesen – habe aber nie viel gesprochen – seinen Sohn habe er damals, als einen Knaben von zwei bis drei Jahren mitgebracht, und ihn ganz allein für sich erzogen – er habe ihn bis jetzt die Schafe hüten lassen – mit dem Schäfer habe er fast noch den meisten Umgang gehabt, bei dem sey auch jetzt der Knabe. – Sein Gut sey verkauft, und das Geld für den Knaben zurückgelegt – Er habe sich Sonnenberg genannt, niemand aber wisse, woher er gekommen sey.

Dieß alles nebst dem, was mir der Hirtenknabe gesagt hatte, flößte mir eine brennende Begierde ein, von dem Schicksal dieses sonderbaren Mannes mehr zu erfahren – ich eilte zu dem Schäfer, mit dem er noch dem meisten Umgang sollte gehabt haben, und bei dem sich jetzt sein Sohn aufhielt – ich fand aber an diesem Schäfer gar nichts besonders – Er schien mir ein ehrlicher Bauer zu seyn, dessen Kenntnisse sich nicht viel weiter, als auf seine Schäferei erstreckten.

Er wollte erst nichts mehr als andre von dem Verstorbnen wissen, da ich ihn aber etwas zutraulicher gemacht hatte, so führte er mich in ein Kämmerchen, wo die kleine Büchersammlung des alten Sonnenbergs in einem verschloßnen Schränkchen stand – es waren Homer, Ossian, und Milton sauber gebunden; eine kleine schöngedruckte Taschenausgabe vom Horatz; Geßners Idyllen, und Rouß aus Emil. –

Hinter den Büchern lag eine Anzahl Blätter in demselben Format, wie das, welches der Hirtenknabe aus der Tasche gezogen hatte. –

Und in einer Ecke stand ein verschloßnes eisernes Kästchen, zu welchem sein Sohn den Schlüssel aus den Händen des Schäfers nicht ehr erhalten sollte, als bis er mündig wäre, stürbe er, so sollte das Kästchen mit ihm begraben werden.

Der Schäfer schien mir ein Mann von unerschütterlicher Rechtschaffenheit und Treue zu seyn, dem so etwas mit großer Sicherheit anvertrauet werden konnte. –

Die zusammengebundnen Blätter waren dazu bestimmt, daß sein Sohn eins nach dem andern eine gewisse Zeit in der Tasche tragen, und es so oft für sich lesen sollte, bis er den Sinn davon gefaßt hätte.

Diese Blätter zu bekommen, dahin ging jetzt alle mein Trachten – der Schäfer aber schien sie nicht aus den Händen geben zu wollen – Ich konnte mir keine Hoffnung machen, sie anders, als nach und nach aus der Tasche des Hirtenknaben zu erhalten.

Ein beschriebnes Buch, sagte der Schäfer, sey ihm nicht verboten, aus der Hand zu geben, er habe es auch nicht einmal verschlossen, dieß versprach er mir mitzugeben – begierig eilte ich damit zu Hause, und als ich nur ein wenig darin geblättert hatte, fand ich einen neuen Busenfreund, ich begrüßte in ihm einen Geisterseher von der edlern Art mit dem ich nun Hand in Hand den Weg meiner Untersuchungen fortwandeln konnte. – Was ich besaß, war ein Theil von den Aufsätzen des Verstorbnen über sich selbst, das ich nun meinem Tagebuch über mich selbst, welches ich dreien Freunden hinterlasse, mit einverleiben will – Er ist den Weg zum Ziele vor mir vorangegangen – und hat mir den Pfad gebahnt, den ich bald betreten werde. – Ich will mich nun mit seinem Geiste unterreden, so lange ich noch hienieden walle – bis die Scheidewand in Staub zerfällt, die jetzt mein Wesen noch von dem seinigen trennt und eine undurchdringliche Kluft zwischen uns befestiget.

Mit dem Hirtenknaben will ich nun oft den Gipfel des Berges besteigen, und unverwandt mit ihm in die aufgehende Sonne schauen, um den Lichtgeist des Verweßten in ihrem Strahlenkreise zu erblicken, und aus ihrem Anblick Nahrung für das Auge meines Geistes zu schöpfen.

Und du Berg, den ich mit jedem Morgen künftig besteigen werde, sollst der Nahmensgenosse meines Verklärten seyn – Dein Nahme auf der Karte meiner Wandrungen durch dieß Leben sey der Sonnenberg!

An...

den 27sten Juli. Abends.

Lieber * * * ich gedenke dein bei meiner einsamen Lampe – wenn du dieß einst liesest, so denk' an unser Losungswort – vergangen ist nicht vergangen. Liegt dein Hund vor deiner Hütte und wacht? Hast du den Riegel inwendig vergeschoben – pfeift der Wind noch durch die Ritzen deiner Fensterladen – sitzest du fein einsam und sicher bei deiner Lampe mit dem hellen Tocht wie ich? – Ist das Gewebe der großen Spinne in der Ecke am Fenster noch immer nicht zerstört – Hast du dein altes Klavier mit dem geborstnen Resonanzboden wieder gestimmt? und bauest du noch immer an deiner Orgel? –

Heute früh' habe ich zum erstenmal meine Morgenandacht auf dem Sonnenberge verrichtet, den du aus meinem gestrigen Briefe kennst. –

Der Hirtenknabe hatte sich wieder an denselben Platz hingelagert, wo ich ihn gestern traf. –

Aber welch ein Hirtenknabe!

Ich stand hinter einem Gebüsch und lauschte, und hörte ihn sagen:

alme sol – aliusque et idem nasceris.

Nach einer Pause hub er an: Hail holy Light –

Ich wußte kaum, ob ich meinen Ohren trauen sollte – Von Bewunderung und Erstaunen hingerissen, konnte ich mich kaum hinter dem Gebüsche halten, bis der Knabe seine Morgenandacht, wofür ich diese Ausbrüche hielt, vollendet hatte. –

Als er nun stille war und[*Typo korrigiert] noch mit gefalteten Händen da saß, eilte ich hervor, und setzte mich neben ihn – er schien sich nicht in seiner Betrachtung stören zu lassen, richtete seine Augen unverwandt nach Sonnenaufgang hin, indes seine Heerde in dem bethauten Grase weidete –

Ich folgte seinem Beispiele; denn ich wußte keinen edlern und schönern Gegenstand meiner Betrachtung, als den, welchen er sich gewählt hatte, den Anbruch des jungen Tages –

Das Hinwegeilen der Nacht; die eine Hälfte des Himmels noch im nächtlichen Dunkel, indes die andre schon lange mit der Klarheit des Tages strahlte; die vergoldeten Spitzen der Hügel in der Nähe und in der Ferne; die kleinen Winzerhäußchen auf den Weinbergen, die mit ihren hellrothen Dächern und weißen Wänden aus dem dichten Grün hervor schimmerten, tief unten der sich schlängelnde Fluß, und dicht neben mir ein frohes jugendliches menschliches Antlitz, in dessen Zügen stille Heiterkeit wohnte, wodurch sich eine reine Seele offenbarte, die in diesem Augenblick die ganze Fülle ihres gegenwärtigen Daseyns genoß – und ich hätte dieser lebendigen Fülle nicht auch genießen, ich hätte diese herrlichen Augenblicke nicht für Lebenszweck halten sollen? Keine neugierige Frage kam über meine Lippen, bis diese Fülle des Daseyns allmälig abnahm, und kältere, bedürftigere Lebensmomente an ihre Stelle traten, die den Stachel des Erweiterungstriebes der Gedanken wieder schärften. –

»Lehrte dich dein Vater die Bücher lesen, die »er dir hinterlassen hat? –«

Einige davon –

»Hast du die Bibel gelesen?

Ja – Die Schöpfungsgeschichte.

Ich ließ mich darauf mit dem Knaben in ein Stundenlanges Gespräch über einige der erhabensten Gegenstände des Denkens ein – und wußte am Ende nicht mehr, ob ich träumte, oder wachte – mir wandelten plötzlich alle meine ehemaligen egoistischen Zweifel an, und ich fing im Ernst an zu fürchten, daß dieser Hirtenknabe kein wirklicher Hirtenknabe, sondern ein bloßes Geschöpf, meine Einbildungskraft, und seine Reden vielleicht das bloße Echo meiner eigenen Gedanken seyn möchten.–

Ich fühlte daher eine unwiderstehliche Neigung in mir, die Möglichkeit dieser Erscheinung zu entwickeln, um an ihrer Wirklichkeit ferner nicht zweifeln zu dürfen–und forschte so tief ich konnte, wie der Hirtenknabe wohl das geworden seyn möchte, was er war, und wie er bei dem was er geworden war, noch bleiben konnte, was er war? – wie sich bei aller dieser Verfeinerung des Denkens und Empfindens, seiner Seele die tiefe Resignation eingeprägt hatte, und gleichsam bei ihm eingewurzelt war, wodurch er sich in seinem Stande, ohne gekannt und bemerkt zu werden, als Hirtenknabe, so glücklich fand? – Aber es war mir unmöglich auf den Grund zu kommen – Vielleicht, weil ich die Kunst zu fragen nicht verstand, und er nur dann eine Frage beantwortete, wenn sie ihm wichtig genug schien, sein Nachdenken, das sich vielleicht mit ganz andern Gegenständen beschäftigte, zu einer Antwort zu sammlen – Seine Antwort konnte daher gemeiniglich der Probierstein meiner Frage seyn, ob es mir gelungen war, sie zweckmäßig, einzurichten oder nicht. –

Die Sparsamkeit mit Worten schien eine von den vollkommensten Früchten der herrlichen Pädagogik seines Vaters zu seyn – Die organischen Werkzeuge nie ehe zur Hervorbringung eines artikulirten Schalls in Bewegung zu setzen, bis sich erst die gehörige Fülle des Gedankens gesammlet hatte, der dem artikulirten Schall die Seele gab, welcher nun wie die gereifte Frucht vom Baume abfiel – und nie vor der Zeit mit Zwang oder Gewalt gepflückt wurde –

Auf die Weise blieb dieß herrliche Organ, immer heilig, rein, und unentweiht, und stark genug, die Fülle der zuströmenden Gedanken in die ausgewähltesten und nachdrücklichsten Laute zusammenzufassen – so war auch bei ihm Miene und Bewegung, keinen Augenblick, bloß um sein selbst willen, und Gedankenleer – sondern das Resultat von der innern Fülle; sie waren das bis an den höchsten Rand vollgegoßne Maaß, welches bei dem mindesten Zuguß überläuft – Es war mir, da ich von dem Berge zurückkehrte, als hätte ich mit einem der Unsterblichen Unterredung gepflogen – denn ich hatte das Meisterstück der erhabensten Pädagogik, den Ernst und Tiefsinn eines Mannes umgeben mit der Blüthe der Jugend gesehn. –

Wir andern kommen gemeiniglich erst dann zu dem völligen Genuß unsrer Seelenkäfte, wenn die erste Blüthe des Lebens schon verwelkt ist.

Wir können uns keine Idee davon machen, was die umgebende schöne Natur auf die jugendlichen Sinne, wenn sie mit einer gewissen Stärke der Denkkraft vereinigt sind, für einen paradisischen Eindruck machen muß. –

Die Jugend beschaut sich selbst in ihrer Wirklichkeit – der auf-
keimende Gedanke bemerkt sein eignes Entstehen – die Morgenröthe des Verstandes freuet sich ihres Werdens. –

Diesen Himmel in einer Knabenseele hervorzubringen – verdient
vielleicht die Aufopferung einer Manneswirksamkeit. –

Scheint doch die Natur so manches eigentlich um sein selbst willen gebildet zu haben, das sie mit verschwenderischer Sorgfalt aus-
schmückt, nicht sowohl um irgend noch einen fremden Zweck
dadurch zu erreichen, als vielmehr, um gleichsam zu zeigen, was
sie vermag. –

Hatte vielleicht des alten Sonnenbergs Pädagogik auch hier der
Natur nachahmen, und etwas liefern wollen, was nicht allgemein
seyn, sondern in seiner Art einzeln bleiben muß, wenn nicht das
Mannesalter der Menschen, und ihre nützliche Bestimmung unter-
graben werden soll? –

Aber warum drängte er denn gerade bei seinem Sohne, alle künftige Lebenswirksamkeit, wie es schien, in den gegenwärtigen Le-
bensgenuß zusammen? –

Was bewog ihn, ein seiner Natur nach wirkendes Wesen, aus dem
Zusammenhange ähnlicher wirkender Wesen, so herauszusondern,
und, statt es in dieses große Drehwerk eingreifen zu lassen, alle
Kräfte und alle Wirksamkeit desselben in sich selbst zurückzulen-
ken?

Fand er den Zusammenhang der wirkenden Kräfte zu schlecht,
um die Wirksamkeit seines Sohnes darin eingreifen zu lassen, oder
fand er diese Wirksamkeit zu schwach, um gehörig, darin eingreifen zu können? –

Um diese Zweifel einigermaßen zu lösen, will ich folgende Aufsätze aus Sonnenbergs Papieren mittheilen:

Ueber Zusammenhang, Zeugung und Organisation.

Sey mir gesegnet du kleine Hütte – ich weihe dich durch die Gegenwart eines menschlichen Geistes, der in dir wohnet, und noch
einen Geist außer sich bildet, zu einem Heiligthume, so wie dieser
Körper, den ich trage, durch den inwohnenden Geist geheiligt wird.

Eine Hütte wohnet in der andern; beide werden in Staub zerfallen. Mein Leib noch früher, als du von Leimen zusammengesetztes Haus. Aber ich murre deswegen nicht.

Das Zusammengesetzte kann nicht immer dauren, und bleibt desto zerstörbarer, je zarter sein Bau ist.

Es ist nur Zwang, der die Theile der Körper zusammenhält; ihre eigentliche immerwährende Natur ist, aufgelößt, außereinander, nicht mehr zu einem Ganzen untergeordnet, sondern sich gleich zu seyn, wie die Theile des Staubes sich einander gleich sind.

Darum ist des Zusammengesetzten, Organisirten so wenig, und des Außereinanderbestehenden, aufgelößten, unorganisirten Stoffes, in der Vergleichung, so erstaunlich viel.

Die Zusammensetzung ist gleichsam ein Zwang eine Unterjochung der Theile, die wieder in ihrer natürlichen Freiheit zu seyn streben, so wie die in einen Staat zusammengezwängten Menschen, diß natürliche Freiheitsgefühl nie ganz unterdrücken können.

Das Zusammengesetzte läßt sich nie ohne Streit, Krieg, Gegeneinanderstreben denken, die Ruhe ist in der Auflösung, in der Gleichwerdung, in der Absonderung der Theile.

Allein, wenn Leben, Organisation, und Bewegung seyn soll, so kann sie nicht anders, als durch diesen Zwang der wiederstrebenden Theile zu einem Ganzen erhalten werden. Und der stärkste Grad des Zusammenhanges zweier belebter Wesen ist es, welcher immer erst wieder einen neuen Zusammenhang von Theilen hervorbringt, die sonst ewig von einander abgesondert geblieben wären, nun aber durch die Fortpflanzung des Zusammenhanges eine ihnen bis dahin ungewöhnliche Tendenz bekommen, sich zu einem Körper zu bilden.

Zur Hervorbringung eines neuen Zusammenhangs von Theilen gehört nothwendig der stärkste Grad des Zusammenhangs zwischen zwei Körpern, die außereinander sind.

Hier sind zwei Wesen, deren jedes durch den Zusammenhang seiner Bestandtheile für sich ein Ganzes ausmacht, und die nun, als zwei ineinander überströmende Ganze, einen neuen Zusammenhang erhalten, der nun den Zusammenhang aller innern Bestandtheile eines jeden zusammengenommen, in sich faßt.

Man könnte sagen: diß sey der mit sich selbst vervielfältigte Zusammenhang aller Theile eines organisirten Körpers. Dieser höchste Grad des Zusammenhangs ist nun auch das höchste Leben, wodurch neues Leben da entsteht, wo es vorher noch nicht war. Und wenn nun jeder Zusammenhang an sich schon Vergnügen macht, so muß dieser höchste Grad desselben auch der höchste Grad des Vergnügens, welcher Wollust heißt, werden.

Die wundervolle Entstehung des Lebens, wo vorher nicht Leben war, und dieser Uebergang vom Nichtseyn zum Daseyn, ist der geheimnißvolle, dunkle Vorhang der Natur, welchen kein sterblicher Blick durchdringt.

Wie ist das mit sich selbst Vervielfältigte von der mit sich selbst Vervielfältigung verschieden, – und wie kann es, von dieser abgesondert, ein neues für sich bestehendes Wesen seyn?

Ist die Zahl vier eine neue Zahl, oder haben wir dem zweimal zwei nur einen andern Nahmen gegeben? Die Zahl vier ist der Abdruck, das Resultat der Selbstvervielfältigung von zwei.

Eine Zahl mit allen ihren Einheiten zusammengenommen, tritt mit einer ihr ähnlichen Zahl in eine so genaue Verbindung, daß ein Zusammenfluß zwischen ihren beiderseitigen Einheiten entsteht, und was daraus zurückbleibt ist eine neue Zahl.

Wenn ein Ganzes mit einem andern Ganzen außer sich in Verbindung tritt, so wird der innere Zusammenhang seiner Theile erst recht fest und merkbar; denn alle bekommen nunmehro eine gemeinschaftliche doppelte Beziehung nicht nur gegeneinander unter sich, sondern zusammengenommen gegen ein andres ihnen ähnliches Ganze außer sich, mit dem sie sich in allen möglichen Punkten wechselseitig zu berühren streben.

Ein solcher im höchsten Grade gereitzter Trieb der Körpertheile, sich zusammenzuhängen, ist nun etwas von den beiden sich in allen Punkten berührenden wirklichen Wesen verschiedenes, und kann an sich nicht aufhören, wenn gleich sich diese beiden Wesen wieder trennen; sondern er ergreift, was ihm am nächsten liegt, und giebt ihm Zusammenhang, Bildung, und Form, wodurch der aufgehobene höchste Zusammenhang der Körpertheile zweier ähnlicher und doch von einander verschiedener Wesen wieder ersetzt wird.

Der Zusammenhang der Theile eines einzelnen körperlichen Ganzen muß also durch den höchsten Grad der Vereinigung mit einem andern, ihm ähnlichen Ganzen, in sich selbst zurückgedrängt, und dadurch verstärkt werden, um die zusammenhängende Kraft gleichartiger Körpertheile, oder das Leben in der Natur, welches sonst verlöschen würde, fortzupflanzen.

Diese zusammenhängende Kraft der Theile, der die auflösende, auseinander strebende immer entgegen arbeitet, muß immer aufs neue wieder aufgefrischt werden, um fortzudauren; diß kann aber nur auf dem Flecke geschehen, wo sie sich am stärksten äußert. Da entsteht dann wieder neue Bildung und Form zum Ersatz der aufgehobenen höchsten Vereinigung zweier sich ähnlicher außereinanderbestehenden körperlichen Wesen.

Der auf die Weise neu erweckte Zusammenhangstrieb der Theile ergreift hier den nächsten Stoff, den er bildet, und auch die nächste Form, nach welcher er ihn bildet.

Das Wort Zusammenhang ist ein großes Wort, welches einen vollen herrlichen Sinn in sich faßt. –

Der Hang eines Dinges irgendwohin ist seine ganze zusammengedrängte Schwerkraft nach irgend einer Richtung, die sich auch ohne Bewegung äußert.

Das zu bezeichnet den Zweck, auf welchen sich das Mannichfaltige hin vereinigt – zusammen nenne ich das, was auf einen gewissen Zweck hin vereinigt ist, und Zusammenhang, nenne ich die innere Natur und Beschaffenheit der Dinge, wodurch sie auf einen Zweck hin vereinigt sind. – Das voneinander abgesonderte hat einen Hang, eine Tendenz, ein Streben, zusammen zu seyn.

Diese Tendenz oder diß Streben aber bleibt demohngeachtet immer etwas zwangvolles, welches durch die Fortpflanzung immer aufs neue wieder erweckt und aufgefrischt werden muß, wenn es fortdauren soll.

Es ist leichter
voneinander als aneinander
lose als fest –
zu seyn. –

Man konnte sagen, daß es leichter sey, Staub, als eine Blume oder Pflanze zu seyn, wo jedes Staubtheilchen seinen bestimmten angewiesenen Platz einnehmen und behalten muß, wenn die Ordnung und Schönheit des Ganzen nicht zerstört und zerrüttet werden soll.

Das Zusammenhalten ist immer mit Anstrengung, das Loslassen mit Erleichterung verbunden.

Durch das mit Anstrengung verbundene Zusammenhalten soll immer nur ein gewisser Zweck erreicht werden, und wenn dieser Zweck erreicht ist, so kommen alle einzelnen Theile wieder in ihre natürliche, ruhige Lage.

Wenn das Haus gebauet ist, so gehen die Arbeiter wieder auseinander. –

Warum soll ich die Erleichterung nicht nutzen, wenn sie sich mir von selber darbietet? Warum soll ich noch immer Materialien zu einem Gebäude hinzutragen, das schon längst mehr als vollendet ist, und durch seine eigene Größe den Einsturz drohet.

Es ist endlich einmal Zeit, diß Gebäude zu bewonen, woran seit Jahrtausenden bloß gebaut, und gebessert ist.

Oder, um mich eines andern Gleichnisses zu bedienen, warum soll ich nicht lieber aus den Trümmern des Schiffbruches noch retten, was ich kann, da es doch nicht möglich ist, den zerstörten Bau je wieder herzustellen.

Warum nicht diese Kenntnisse, diese Bildung eines Geistes, die ich freilich der Gesellschaft verdanke, warum diese nicht für mich nutzen, ob ich gleich durch dieselbe nicht mehr außer mich wirken kann und mag?

Ach, diß zerrüttete, den Einsturz drohende Gebäude der menschlichen Einrichtungen, wie manchen wird es noch unter seinen Ruinen begraben!

Aus diesen Aufsätzen scheint zu erhellen, daß Sonnenberg den Zusammenhang der menschlichen Dinge für zu schlecht und verschoben hielt, als daß ein Mensch von vollkommener Ausbildung des Geistes sich ferner darin verflechten sollte.

Er scheint diß Ganze wie einen Schiffbruch zu betrachten, und sich bei dieser Gelegenheit das Strandrecht zuzueignen.

Indem ich in Sonnenbergs Papieren weiter blättere, welche nach keiner Seitenzahl geordnet sind, sondern aus lauter untereinandergeworfenen Quart- und Oktavblättchen bestehen, so finde ich folgendes noch hierher gehörige, das vielleicht zu einem spätern Gebrauch an seinen Sohn gerichtet zu seyn scheint, und in Ansehung seiner Grundsätze noch mehr Aufschluß gibt. Der Aufsatz, welcher hin und wieder abgebrochen ist, hat die Überschrift:

Leben und Wirksamkeit.

Soll das Leben erträglich werden, so muß erst Interesse hineinkommen, eben so wie in ein Schauspiel, wenn es uns nicht unausstehliche Langeweile machen soll.

Interesse erhält es aber allein dadurch, wenn alles Einzelne darin zu einem Ganzen übereinstimmt, und wenn selbst das Kleine und Unbedeutende Mittel zu irgend einem großen Zweck wird.

Der Taglöhner kömmt über das Bedürfniß eines solchen erhabenen Interesse des Lebens hinweg, indem er genöthigt ist, zur Erhaltung seines thierischen Lebens ununterbrochen zu arbeiten, ohne daß er die Zeit oder die Lust hätte über seinen Zustand nachzudenken.

Wem diß thierische Leben nicht gnügt, der kann kein Taglöhner bleiben, sondern arbeitet sich ans dem Staube empor, um über die Tagelöhner zu herrschen.

Gelingt ihm diß nicht, so ist er unglücklich, und das Leben ist ihm eine Last.

Aber was zugleich mit Klugheit und Eifer unternommen wird, gelingt fast immer. Der Eifer muß die Klugheit beseelen, wenn sie sicher leiten soll. Ja, der wahre Eifer zwingt zur Klugheit; je stärker jemand etwas wünscht, desto weniger wird er der dazu gehörigen Mittel zu verfehlen suchen.

Ein fortdauernder wehmüthiger Zustand ziemt einem Mann nicht; nur die Anstrengung, womit er selbst seine Wehmuth zu unterdrücken sucht, erregt unser Mitleid.

Eben das ist auch der Fall mit der Freude: man fühlt sich nie ruhig, bis man sich durch einen Gedanken an die Ungewißheit und Vergänlichkeit aller menschlichen Dinge, erst in das ordentliche gewöhnliche Gleis des Lebens wieder zurückgebracht hat. Alsdann ist man auch erst wieder fähig, außer sich zu wirken, und mit Klugheit dabei zu Werke zu gehen.

Wer mit der meisten Resignation auf den Erfolg arbeitet, der arbeitet sicher am besten. Unruhe und Sorgen plagen den, der sich über seine angewandte Mühe ärgern wollte, wenn sie unglücklicher Weise vergeblich seyn sollte. Nur der arbeitet sicher und ruhig bei dem größten Plane, der das magna voluisse juvabit mit völliger Resignation von sich sagen kann.

Dafür, daß du dich durch mühsame und ungewöhnliche Anstrengung deiner Kräfte über das thierische Leben erhebst, wirst du auf eine oder die andere Weise, die belebende Seele von einem Haufen von Menschen seyn, die an sich selbst fast nur Körper sind, und also einer belebenden Seele bedürfen, um den Bewegungen ihres Körpers eine gewisse Richtung zu irgend einem großen Zweck zu geben.

Auf dein Geheiß wird sich ihr Fuß emporheben, und ihre Hand ausstrecken; dein Wille wird ihr Wille, dein Verstand ihr Verstand seyn.

Sie sind nicht unglücklicher wie du, aber du fühlst dich glücklicher wie sie; sie genießen bloß, weil sie nicht streben wollen; du strebst und genießest.

Dein Herrschen soll aber darinn bestehen, daß du die immer besser und weiser machst, die du beherrschest, und sie dir immer mehr gleich zu machen suchst.

Darum erhieltest du ein Uebermaß von Kräften, damit Leben und Wirksamkeit befördert werden, indem das Stärkere auf das Schwächere drückt, bis beide wieder im Gleichgewicht sind.

Wie das Wasser strebt, in seine Fläche, und die Luft, in ihr Gleichgewicht zu kommen, so wirken die moralischen Kräfte auf einander, und alles geräth in Bewegung und Thätigkeit.

Stürme brausen, Ströme stürzen sich von Felsen, durchbrechen Dämme, überschwemmen Städte, und wälzen sich dann ruhig wieder in ihren angewiesenen Ufern hin.

Nur der ist unglücklich, der uoch nicht in seinem Gleise ist; es sey nun das gewöhnliche oder eccentrische. Der noch hin und her wankt, ob er sich zu der gehorchenden oder befehlenden Parthei schlagen soll, weil niederziehende Trägheit und angebohrne Kraft sich einander das Gleichgewicht halten. Wehe dem, der sein ganzes Leben hindurch zwischen diesen Klippen kreuzt.

Immerwährender Sturm ist in der Seele dessen, dem die erstickte Flamme im Busen lodert.

Fühlst du ein unüberwindliches Streben nach etwas Großem in dir, so darf ich dir nicht erst sagen, daß du diesem Streben freien Lauf lassen sollst, eben so wenig, wie ich es dem Strome erst verstatten darf, daß er Dämme durchbricht.

Es ist eine traurige Sache um ein verstimmtes Leben. Wem ein großer Plan mißlungen ist, der versucht es wohl auf alle Weise, dennoch glücklich zu seyn; er will gern an den Schönheiten der Natur wieder Geschmack finden, sich an der Morgenröthe, dem Gesange der Nachtigal, und dem Hauch des Frühlings wieder ergötzen, aber die Seite will immer nicht anschlagen. – Das Interesse ist aus dem Leben, und man weiß nicht mehr, wo man das alles hinbringen soll, was man täglich sieht, hört, thut und denkt.

Dein großer Plan sey, täglich auf deine innere Vervollkommnung hinzuarbeiten; nicht Glückseligkeit von außen in dich hinein zu zwingen, sondern aus dir selbst um dich her zu verbreiten; so kann es dir nie fehlen; so muß ein immerwährendes Interesse alle deine kleinsten Begebenheiten durchflechten.

Und solltest du denn auch dein ganzes Leben hindurch allein stehen, und nie in den Zusammenhang der menschlichen Dinge ein-
greiffen können, dürfen, oder wollen: so denke das: einen vollkommnen Menschen hervorzubringen, ist an und für sich schon der
höchste Endzweck der Natur; mag dieser vollkommene Mensch
nun ich selbst, oder ein anderer seyn, genug, wenn er nur da ist, daß
die vollkommene Natur sich in ihm spiegeln kann.

An ...

Der weise Hirtenknabe ist jetzt fast mein beständiger Gesellschafter, oder vielmehr ich der seinige; denn ich suche ihn mehr, als er mich sucht.

Gestern Abend in der Dämmerung, da wir vom Felde zurückkehrten, wallfahrteten wir noch vorher zu seines Vaters Grabe auf dem kleinen Dorfkirchhofe.

Er schien erst ganz ungerührt zu seyn. Aber indes ich meine Blicke auf dem Boden heftete, und mir Thränen in die Augen stiegen, blickte er dahin, wo die Sonne untergegangen war, und eine himmlische Heiterkeit strahlte aus seinem Gesichte.

Er sagte, sein Vater habe ihm verboten, auf seinem Grabe zu weinen.– –

Wir gingen zu Hause; er zu dem alten Schäfer, bei dem er wohnt, durch die niedrige Thüre, in seine Schlafkammer; und ich auf meine Stube im zweiten Stock, mit dem einen Fenster nach dem Abend zu.

Hier stand ich noch eine Weile am Fenster, und sahe die Reihe von Hütten an, die hier nebeneinander stehen, mit den Thorwegen vor den einzelnen Bauerhöfen, und dann die kleinen niedrigen Fenster in den Leimwänden, und hie und da noch ein Licht, das einsam in der Dunkelheit schimmerte; und wo nun so ein Licht schimmerte, da dachte ich mir die Menschen, die da wohnten, etwa noch um den Tisch sitzend, und redend von den Geschäften des Tages, und was sie nun Morgen vornehmen wollen; und dachte mir, wie nun die Menschen, die da in irgend einem solchen Stübchen zusammen wohnen, alles übrige um sich her vergessen, und gar keinen Sinn weiter haben, als für diß Stübchen, das sie bewohnen, und das Feld, das sie bebauen, und für die nächste Stadt, in welcher sie ihre Produkte zu Markte bringen.

Wie sie die Last eines jeden Tages tragen, ohne jemals über das Ganze des Lebens nachzudenken, dessen drückende Bürde, sie eben deswegen weniger fühlen, weil sie ihnen nicht auf einmal sondern nur Tageweise aufgelegt wird. – Wie sich alle ihre Begriffe stets in der Sphäre ihrer nothwendigsten Bedürfnisse herumdrehen; wie kein Gedanke an die Zukunft sie beunruhigt, und kein nagender Zweifel ihre Seele quält. – –

Bin ich mir denn noch immer lieber mit alle der Unruhe, allen den Sorgen, und nagenden Zweifeln, die mir mein Nachdenken macht, und gemacht hat, als ich mir mit jener Einschränkung der Begriffe seyn würde, wobei man so unvermerkt von einem Tage zum andern, wie von einer Mühe zur andern, durchs Leben hingeschoben wird, und ehe man sichs versieht, auch von der täglichen Sorg' und Unruhe befreit ist.

Denn auf tägliche Sorg' und Unruhe läuft denn doch auch das ganze Leben des Landmannes hinaus.

O die Einschränkung des Denkens ist so süß, das weiß ich noch aus den allerfrühsten Jahren meiner Kindheit, da ich noch auf meiner Mutter Arm, in ihren Mantel gehüllt, getragen ward – wie ich mich damals aus Furcht vor der weiten Welt um mich her, immer dichter an sie schmiegte, und in dieser seeligen Nähe das fürchterliche Weite vergaß.

Weite, die man nicht ausfüllen kann, erweckt Furcht und Grausen. – Der Gedanke eines unendlichen Raums ist ein schrecklicher Gedanke für den eingeschränkten menschlichen Geist, eben so wie der Gedanke einer unendlichen Zeit und Zahl. –

Das große Ganze ist nicht für uns, wir müssen nur ein Stück aus dem Ganzen herausnehmen, und es für uns zum Ganzen machen, wenn wir uns glücklich fühlen wollen. –

Aber warum arbeiten sich denn diese Gedanken immer wieder in mir empor, die mich jener seligen Einschränkung, jenem glücklichen, rund umher mit Bergen umgebenen Eilande entreißen, und mich immer wieder auf das weite ungestüme Meer führen, wo ich ohne Steuer und Kompas auf einem leichten Brette umhertreibe.

Bin ich denn aus einem natürlichen zu einem unnatürlichen Zustande übergegangen?

Bin ich das? – wo war denn der eigentliche Punkt dieses Ueberganges, wo wich ich zum erstenmale von der Natur ab? und welches war der Moment, wo ich von der verbotenen Frucht der mir verderblichen Erkenntniß zuerst kostete?

Sind die Menschen von der Natur abgewichen; wann sind sie denn davon abgewichen? als sie Häuser oder als sie Schiffe erbauten; als sie die Schrift oder als sie die Mahlerei und Musik erfanden? Wo waren die Grenzen ihrer Bestrebungen von der Natur gesetzt?

Recht und gut, kann ich doch unmöglich das alles heißen, was unter den Menschen vorgeht. – Da nun allen übrigen Dingen die Natur eine Norm, ein Gleis vorgeschrieben hat, woraus sie nicht weichen dürfen, warum hat sie denn dem Menschen nicht auch eine solche Norm, ein solches Gleis vorgeschrieben, aus welchen er zwar weichen kann, aber doch lebhaft empfindet, daß er eigentlich nicht daraus weichen sollte?

Warum empfand der, welcher das erste Eisen schmiedete, das einst Menschen tödten sollte, nicht einen geheimen Schauder, der ihn warnte, diß gefährliche Werkzeug zu vollenden?

Können wohl die Erfindungen des menschlichen Geschlechts, die zu seinem eignen Verderben gereichen, ihm zur Last gelegt werden, gleichsam als wenn es sich zusammengenommen beredet hätte, diese Erfindungen zu machen? Die Erfindungen sind unschuldig, denn sie sind von einzelnen, welche keinen Ueberblick des Ganzen hatten, und ihrem Thätigkeitstriebe folgten. –

Allein hier ist wieder die Frage: wie weit sollten sie ihrem Thätigkeitstriebe folgen? Gab es bei diesen einzelnen Menschen, die Erfinder waren, nie Grenzen ihrer Bestrebungen, die sie nach einem gewissen natürlichen Gefühl nicht hätten überschreiten sollen?

Sobald das Eisen geschmiedet war, konnte es zum Pflugschar oder zum Schwerdt gebraucht werden.

Das was zugleich nützlich und schädlich seyn konnte, war nun da.

Vorher fand keine Wahl statt; jetzt mußte der Mensch zwischen dem Guten und Bösen, zwischen dem rechten und unrechten Gebrauch des einmal erfundnen wählen, und er bestand nicht in der Probe.

Schlummre sanft, guter Knabe, der du so glücklich, von der Hand deines Vaters, noch nach seinem Tode, geleitet, vor jener Klippe vorbeischiffest, an der dein Freund gescheitert ist – –

Ist denn das nun das wirkliche Leben, daß ich hier bei dieser Lampe zwischen den vier Wänden sitze, da mein Bette steht, und hier am Fenster ein kleines Tischgen, an dem ich schreibe? Und daß bei Tage in diesem Dörfchen um mich her, alles so gewöhnlich und alltäglich ist, ausgenommen der Hirtenknabe und sein verstorbener Vater. – – Diese beide versetzen mich aus der wirklichen Welt, so oft ich an sie denke. – Diese scheinen mir in sterbliche Körper gehüllte, auf Erden wandelnde höhere Wesen zu seyn, die auf alles um sie her einen wunderbaren Schimmer werfen, und diese alltägliche Welt in eine romantische bezauberte Gegend verwandeln, auf dem Flecke, wo sie weilen.

Es sind Vereinzelungen des allgemeinen Weltgeistes in Menschenkörpern, welche vielleicht in großer Anzahl, ohne dergleichen erhabne Einwohner umherwandeln.

Vielleicht ist der Menschenkörper unter allen übrigen Körpern nur der fähigste, um einen für sich bestehenden immerdaurenden Geist zu gebären, der in ihm die Kräfte zu seiner Fortdauer sammlete, ohne daß deswegen gerade jeder Menschenkörper einen solchen Geist gebiert.

Wie manchen Kopf scheint es zu geben, durch welchen die zuströmenden Gedanken bloß durchgehen, ohne sich im Innern desselben zu einem zusammenhängenden Ganzen zu bilden.

Zu der Geburt eines bleibenden, unzerstörbaren Geistes, gehört nothwendig eine innere Konsistenz und Festigkeit der Gedanken, ein unerschütterliches auf innere feste Persönlichkeit sich gründendes Selbstbewußtseyn; wo dieses fehlt, da findet nicht einmal der Wunsch der persönlichen Fortdauer statt.

> Sollte sie, die mich gebohren,
> In der Wesen Zahl verlohren,
> Nirgends mehr vorhanden seyn?
> Ganz verschwunden? ach versanken

Auch im Grabe die Gedanken
Die der Ewigkeit sich freun?

Daß ich festen Fuß gewinne,
Sinn ich immerfort und sinne,
So wie du im Leben sannst –
Traurig sitz' ich hier und weine,
Meine Mutter, ach erscheine
Deinem Sohne, wenn du kannst!

Ach wenn du den Vater bätest – –
Doch was will ich? – wenn du thätest
Was mein trunkner Wahnsinn heischt;
Thätest du's – ich wüßte nimmer
Ob nicht dennoch leerer Schimmer
Meine Phantasie getäuscht.

Das Edle kann nicht gemein, und das Gemeine kann nicht edel seyn?

Ach und doch ist des Gemeinen so viel, so viel, und des Edlen so wenig, daß der Zufall mich weit leichter unter die Zahl des Gemeinen, als des Edlen versetzen konnte.

Hier ist und bleibt ewig der schreckliche Stein des Anstoßes. –

Was hat das Gemeine, das Unedle verschuldet, daß es gemein und unedel seyn muß? –

Wie kann ich mich der Vorzüge freuen, die unzähligen meiner Mitmenschen geraubt sind. –

Eher kann ich mich des Gewinstes im Lotto freuen. Denn jeder begab sich hier doch freiwillig seiner gleichen Rechte auf den Besitz eines Vermögens, das einem andern der Zufall zuwirft.

Aber wer hat vor seiner Geburt mit dem Schicksal einen Vertrag gemacht? –

Ist etwas ungezweifelt Zufall, so ist es die Geburt, und der Zusammenhang der Dinge, in welchen der Mensch dadurch versetzt wird.

Das Schicksal der meisten Menschen ist schon gemacht, ehe sie gebohren sind.

Und was hat uns anders zu Sklaven des Zufalls erniedrigt, als die menschlichen Einrichtungen selbst, wodurch eine Generation der andern Fesseln anlegt, die immer härter werden, je näher sich die Menschen aneinander schließen.

Ist nicht die, unbeschadet ihrer Fortdauer und Fortpflanzung, höchstmögliche Vereinzelung der Menschen, vielleicht der einzige Zustand, worin sie noch glücklich seyn könnten?

Und doch, würde ich, wenn die Menschen in dem Zustande geblieben wären, in diesem Augenblick über Glückseligkeit denken und schreiben können?

Ich dürfte dann, weder darüber denken, noch schreiben; denn, was ich suchte, wäre schon da; es böte sich mir von selber in jedem Augenblick meines Lebens dar; es wäre mit meiner Natur verwebt.

Was ist denn nun wahre Glückseligkeit: über die Glückseligkeit denken zu können, weil man sie einmal verloren, und mit der Unglückseligkeit verglichen hat? oder die Glückseligkeit bloß zu genießen, ohne darüber denken zu können?

Ist der ungetrübte Genuß so viel werth, daß ich darüber auf das Denken gern Verzicht thue, oder ist das Denken so viel werth, daß ich darüber auf den ungetrübten Genuß Verzicht thue?

Wenn ich einmal gedacht habe, so kann ich mich nie wieder in den Zustand des Nichtdenkens versetzen.– –

Ich muß mir also nun schon aus der Noth eine Tugend machen, und diß Denken selbst zum Ersatz für die mir nun erst fühlbar gewordene Entbehrung des Gedachten annehmen.

Aus Miltons verlohrnem Paradiese.

In einer bösen Stunde, o Eva, gabst du jenem falschen Wurme Gehör, der abgerichtet war, es sey von wem es wolle, des Menschen Stimme nachzubilden, nur wahr, was unsern Fall, und falsch, was die versprochne Erhöhung unsers Wesens anbetrift. Da wir nun unsere Augen in der That eröfnet finden, und finden, daß wir Gutes und Böses unterscheiden können, das Gute nehmlich, welches wir verloren, und das Böse, welches uns statt dessen zu Theil geworden ist. – Schlimme Frucht des Wissens, wenn unsere Naktheit uns dadurch nur sichtbar wird, wenn es von Ehr' und Treue, Reinigkeit und Unschuld uns entblößt, die unsre sonst gewohnte Zierde war, und nun befleckt und voller Schmutz ist, indem in unserm Angesicht die Zeichen der strafbaren Begierde sichtbar werden, aus welcher alles Bos' entspringt; ja selbst die Schaam, der volle Schluß des Bösen, ist schon an uns sichtbar; zweifle also länger nicht an dem, was vor der Scham vorhergeht. Wie soll ich nun hinfort das Antlitz Gottes oder irgend eines Engels schauen, das ich so oft mit Freude sonst und mit Entzücken sahe. Diese himmlischen Gestalten werden diese irrdische nun ganz mit ihrem unerträglich hellen Glanz verdunkeln. O könnt' ich hier in wilder Einsamkeit, in irgend einer dunklen Grotte leben, wo die höchsten Wälder, dem Stern und Sonnenlichte undurchdringlich, ihre Schatten, wie der braune Abend, weit umher verbreiten: Bedecket mich, ihr Fichten; ihr Zedern mit unzähligen Zweigen hüllt mich ein, wo ich die Sonne und die Sterne nie wieder sehe! – Aber laß uns jetzt, o Eva, einen Rath ersinnen, da wir nun einmal so verwickelt sind, wie wir für jetzt am besten diese Theile voreinander bergen, die der Scham am meisten ausgesetzt, sich uns am unscheinbarsten zeigen. Irgend ein Baum, dessen breite glatte Blätter wir um unsre Lenden gürten, mag denn diese mittlern Theile rund umher bedecken, damit der neue Gast, die Scham, dort nicht mehr sitze, und uns als unrein schelte!

Welches ist denn nun die verbotene Frucht, von welcher wir gekostet, und die Erkenntniß des Guten und Bösen dadurch erlangt haben?

Sind es die Künste und Wissenschaften? Ist es der Handel, ist es der Ackerbau? Sind diß Abweichungen von der Natur, die sich durch sich selbst bestrafen? Oder sind diese Abweichungen eben so natürlich, wie die Natur selbst.

Wenn sie es sind, warum ist denn in allen menschlichen Einrichtungen so viel Schiefes und Verkehrtes?

Warum ist in die menschlichen Einrichtungen wirkliches Elend verwebt?

Ist es denn dem freien Willen des Menschen möglich, in dieser schönen Schöpfung Gottes etwas zu verderben, so ist er ja wirklich Gott gleich, so läßt sich ja wirkliche Empörung der Geschöpfe gegen den Schöpfer, der endlichen Wirkung gegen die unendliche Ursach denken? oder vielmehr die Ursach ist denn selbst nicht mehr unendlich, weil sie durch ihre eignen Wirkungen wiederum eingeschränkt wird.

Oder ist die Freiheit der endlichen Wesen nur anscheinend? So wäre denn diß wunderbare Ganze eine aufgezogne Uhr, die von selber abläuft, und Krieg, Unterdrückung, und alle die mißtönenden Zusammenstimmungen der menschlichen Verhältnisse, woraus das wirkliche Elend erwächst, wären also dem Schöpfer ein wohlgefälliges Spiel.

Und was wäre das für ein Schöpfer? Wer bebt nicht mit Schaudern vor diesem Abgrunde zurück!

O Nacht, was brütest du für Gedanken aus!

In welche ängstliche Zweifel hast du mich wieder versinken lassen, weil ich nicht dem Ruf der Natur folgte, und nicht der erquickenden Ruhe genoß, da ich ihrer hätte genießen sollen.

Dadurch bin ich eben abgewichen, und das ist die Abweichung, welche sich selbst bestraft hat.

Mein Denken soll mit der Natur harmonisch seyn, wie mein ganzes Leben.

Wenn die Natur um mich her wieder in Thätigkeit ist, so soll auch das innere Spiel meiner Ideen aufs neue wieder erwachen, um einen reinen hellen Ton von sich zu geben, und in das große Konzert der thätigen Schöpfung mit einzustimmen.

Den Aufgang der Sonne hab' ich wiederum verschlafen: so folgt eine Abweichung nach der andern. –

Mein Hirtenknabe hat schon längst den Sonnenberg bestiegen, und dort nach seines Vaters Geist geblickt.

Soll dieser Hirtenknabe denn nun in diesem Dorfe vollends aufwachsen, alt werden, und endlich hier begraben werden? – –

Soll er stets den Himmel, und die Flur betrachten, und – Schafe weiden?

Noch kann ich das Geheimnis seines Erdenlebens nicht verstehen.

Daß ein solcher Vater, einen solchen Sohn, erzog –- um Schafe zu weiden.

Aber freilich ist das Weiden der Schafe das Allerunschuldigste Geschäft eines Sterblichen: So daß auch die Dichtkunst hier ihren Stoff hernehmen mußte, da sie vollkommen glückliche, zufriedene und unschuldige Menschen schildern wollte.

Aber freilich, wenn alle Menschen Schafe gehütet hatten, so wären sie zwar an sich wohl ganz glücklich gewesen. Aber was wäre denn aus unsrer Geschichte geworden? Wo hätten wir von Schlachten zu Land' und zur See, von eroberten Städten, von Feldherrntugenden, von Heldenmuth und Tapferkeit, von Bündnissen und Staatsverfassungen zu hören und zu lesen bekommen?

Dieser Welt von Ereignissen, die nun auf dem Schauplatz und in der Geschichte eine so angenehme Wirkung auf unsre Einbildungskraft thut, wären wir dann verlustig gegangen.

Wo hätte dann der Stoff zu einer Iliade, zu einer Aeneide herkommen sollen?

Armselige Welt, die dann geblieben wäre,

> Ohne Schwerdt und Helm,
> Ohne Schlachten,
> Ohne Kriegsrüstungen,
> Ohne Blutvergießen,
> Ohne Trauerspiele,
> Ohne Geschütz und Bomben,
> Ohne Schanz' und Bollwerk,
> Ohne stehende Kriegsmacht,
> Ohne Könige, ohne Fürsten!

Wahrlich um so viele große und majestätische Dinge, sich zusammenzudenken, verlohnt es sich doch wohl noch der Mühe, unglücklich zu seyn.

Alle diese großen Dinge müssen ja doch einen Zweck haben. – Was wären denn die Bomben, wenn keine Glieder dadurch zerschmettert, und die Schwerdter, wenn nicht Menschen dadurch getödtet würden?

Das veredelt ja eben die Werkzeuge der Zerstörung, daß sie das Edelste auf Erden in solcher Menge zernichten und zerstören.

Wenn Tausende an einem Tage vor dem Schwerdtstreich fallen, das ist doch etwas Großes.

Und das Große wollen wir ja; unsre Seele will ja erweitert seyn, unsre Einbildungskraft will viel umspannen.

Wenn also dieser Zweck nur erreicht wird, so mag darüber zu Grunde gehn, was da wolle; das Zugrundegehen ist eben so etwas tragisches, die Seele erschütterndes, dessen Anblick wir uns sehr gerne gefallen lassen, sobald es nur uns selber nicht mit betrift.

Wir alle sind im Grunde unsers Herzens kleine Neronen, denen der Anblick eines brennenden Roms, das Geschrei der Fliehenden, das Gewimmer der Säuglinge gar nicht übel behagen würde, wenn es so, als ein Schauspiel, vor unsern Blicken sich darstellte.

Den Zweck haben wir also erreicht: unsre Gedanken sind erweitert; wir sind den Göttern gleich geworden; aber unsre neuen Ideen haben wir uns nicht sowohl durch Bauen, als durch Zerstören geschaffen. Da wir nicht Schöpfer werden konnten, um Gott gleich zu seyn, wurden wir Zernichter; wir schufen rückwärts, da wir nicht vorwärts schaffen konnten. Wir schufen uns eine Welt der Zerstörung, und betrachteten nun in der Geschichte, im Trauerspiel, und in Gedichten unser Werk mit Wohlgefallen.

Denn da allein kann es noch überblickt, und mit Wohlgefallen betrachtet werden. In der Wirklichkeit, oder in dem wirklichen Entstehen, beschäftigt es so viele Hände, und so viele Gedanken im Kleinen, daß das eigentliche Große gar nicht mehr in Betracht kommen kann. . Das Große schaft sich erst nachher die zusammenfassende Phantasie.

Das ist nun die phantastische Größe, des Gott gleichseyn wollen, wornach wir streben. –

Um uns ein eingebildetes Gut zu schaffen, unterziehen wir uns wirklichen Uebeln. –

So eine gebaute Stadt mit ihren Thürmen und Pallästen ist doch schön, wenn sie nun da steht; so etwas fällt doch gut ins Auge – –

Ach das übertünchte Grab, mit seinen vergoldeten Leichensteinen!

Inwendig nagen der Neid, die Habsucht, die quälende Unzufriedenheit, die um sich freßende Vergleichungssucht, an den verwesendem Leichnam des entseelten Menschenglücks.

Verpestete Kerker, Zuchthäuser, Behausungen des Elends, mit Todtengerippen und Unsinn erfüllte Tempel, mühevolle Werkstätte, wo täglich das Rad des Irion aus und nieder gewälzt wird! Sammelplätze unsinniger Vergnügungen, um von unsinnigen Ar-

beiten auszuruhen! Freistätte viehischer Wollust! fürchterliche
Glücksräder, die den Lohn der Mühe verschlingen, und ihn wieder
aus ihren Rachen speien, um die Faulheit zu krönen, und des Flei-
ßes zu spotten. Und vor allen jenes fürchterliche Glücksrad, das sich
unaufhörlich dreht; aus welchem ein jeder schon bei der Geburt
sein Looß zieht, das ihn entweder zur Eins bei der Null, oder zur
Null bei der Eins bestimmt. Wenige giebt es hier der Gewinnste,
und der Verluste unzählige; damit – o des Wahnsinns! – der Ge-
winn, der auf einen einzigen fällt, desto größer sey. Tausende wollen Sklaven seyn, damit nur einer herrsche.

Und was ist denn nun das am Ende für ein herrliches Werk, was
uns durch alle diese Aufopferungen entstanden ist?

Wo duftet denn nun die Blume, die aus diesem unreinen Schutt
emporsprießt?

Ist es der Gedanke, den ich denke?

O dieser Gedanke ist mit Bitterkeit erfüllt: er ist eine wurmstichi-
ge Frucht von dem einladenden Baume im Garten.

Und doch ist der gegenwärtige Gedanke mein Alles in diesem
Augenblicke. Er ist in diesem Augenblick der Schlußstein des Ganzen, das mich umgibt; das Resultat meiner ganzen vorhergehenden
Existenz; der Zweck, die Vollendung meines Daseyns, wenn ich in
diesem Augenblick aufhörte zu seyn.

Und dieser Gedanke ist selbst unvollendet; ein schwebender
Zweifel; eine ewige Frage, die keinen Ruhepunkt findet, zu dem sie
sich heruntersenken kann.

Und mit dem schwebenden unvollendeten Gedanken sollt' ich
aufhören zu seyn? Und das wäre also der letzte Zweck, die höchste
Vollendung der mich umgebenden Welt in mir?

> Wenn in grauem Nebel
> Bey des Tages Anbruch
> Noch die Hügel dämmern
>
> Klimm' ich schon die Felsen-
> Wand hinauf und blicke
> Seufzend in die Ferne –

Ob nicht in der Ferne
Ob nicht in der Nähe
Mir die Rose lächelt?

Aber ach, vergebens
Irren meine Blicke
Ueber Thal und Hügel:

Denn sie ist verschwunden
Ach, sie ist verschwunden
Die geliebte Rose –

In den Purpurstreifen,
Die den Osten färben
Scheint sie noch zu schweben;

An dem Wolkensaume,
Welcher golden flimmert.
Scheint sie noch zu beben. –

Aber ach zu ferne
Ist sie meinen Händen
Um sie abzupflücken

Und wollt' ich sie pflücken,
Würd' ihr Dorn mich tödtlich,
Tödtlich mich verwunden.

Ich finde mehrere dergleichen Verschen in Sonnenbergs Tagebuche, worin er auf eine geheimnißvolle Art nach einer verlohren gegangenen Rose schmachtet. – Was er sich darunter gedacht haben mag, kann ich bis jetzt aus dem Zusammenhange seiner Gedanken noch nicht begreifen. Ich denke es aber doch noch herauszubringen, weil es mir nicht wahrscheinlich ist, daß er irgend etwas sollte niedergeschrieben haben, ohne etwas dabei gedacht zu haben. So sonderbar seine Gedanken von der Vergangenheit in dem folgenden Aufsatze sind, so etwas Herzerhebendes und Tröstendes schienen sie mir doch zu haben.

Gegenwart und Vergangenheit.

Wenn ich eine Stadt besehen will, und befinde mich unten an der Erde, so muß ich eine Straße nach der andern durchgehen, und es abwarten, bis sich mir nach und nach, durch Hülfe meines Gedächtnisses, die Vorstellung von der ganzen Stadt darbietet.

Stehe ich aber auf einem Thurme, von dem ich die Uebersicht der ganzen Stadt habe, so sehe ich nun dasjenige auf einmal und neben einander, was ich vorher nach einander sehen mußte.

Wir sagen, eine Straße folget auf die andere; und dieser Ausdruck ist selbst ein Beweiß von unsrer Täuschung, indem wir die Folge unsrer Vorstellungen von den Straßen, mit den Straßen selbst verwechseln.

Was wir die Folge der Dinge nennen, ist also vielleicht bloß die Folge unserer Vorstellungen von diesen Dingen. Aber die Folge in diesen Vorstellungen selber muß denn doch wohl wirklich seyn? – –

Vielleicht auch nur für einen eingeschränkten Geist, der sie eine nach der andern hat, aber wohl nicht für ein höheres Wesen, das auch alle diese Vorstellungen schon neben einander sieht.

Unser künftiger Zustand in jedem Augenblick unsers Lebens wäre also wirklich schon da, und unsre Vorstellung, welche denselben umfaßt, und zu demselben ganz unentbehrlich ist, müßte also auch schon da seyn, das ist sie aber nicht, folglich scheinet jene Behauptung ein Wiederspruch zu seyn.

Wollten wir sagen, die Vorstellung von unserm jedesmaligen künftigen Zustande ist schon in dem göttlichen Verstande da; so ist dieses doch nicht unsre Vorstellung, weil wir sie noch nicht gehabt haben.

In sofern also die die Vorstellungen von unserm künftigen Zustande unsre Vorstellungen sind, findet doch immer eine Folge in denselben statt, oder unser eigenes bleibendes Daseyn müßte auch nur anscheinend seyn.

Und wie kann die Bewegung ohne Wiederspruch, als etwas neben einander bestehendes und nicht auf einander folgendes gedacht werden? Wie kann der Mann, welcher jetzt noch hier steht, auch in diesem Augenblick schon eine Meile weit entfernt seyn? Wie kann auch der allumfassendste Verstand mein Hierstehen und Dastehen neben einander stellen?

Wo ich gestanden habe, da stehe ich doch jetzt nicht mehr, und wo ich künftig stehen werde, da stehe ich jetzt noch nicht. Ein neuer, oder wenn man will, derselbe Wiederspruch.

Was ließe sich hierauf antworten? – Wenn ich ein Feuerrad mache, oder einen Funken schnell umherdrehe, so scheinet er mir da zu seyn, wo er doch noch nicht ist, und scheinet noch da zu seyn, wo er doch nicht mehr ist, anstatt eines Punktes bemerkt mein Auge einen Zirkel, welcher stille zu stehen scheinet, da doch die Bewegung sehr schnell ist.

Dieses scheint offenbar eine Täuschung unseres Gesichts, eine unvollkommene Vorstellung zu seyn.

Wie, wenn es umgekehrt wäre, wenn unser Gedächtniß, oder das zurückbleibende Bild von dem Funken, vielleicht der eingeschränkten Sehkraft unserer Augen zu Hülfe gekommen wäre, so daß wir sagen müßten: ich erblicke den Funken nun wirklich da, wo er sonst noch nicht zu seyn scheint?

Wie, wenn wir uns hier, auf einige Augenblicke, dasjenige, was nur auf einander zu folgen schien, wirklich als neben einander vorgestellt, und gleichsam im Kleinen einmal das Gegenwärtige, Vergangene, und Zukünftige mit einem Blick umfaßt hätten? –

Nach dieser Bemerkung müßte sich alles, was wir uns als einen sich fortbewegenden Punkt gedenken, in dem göttlichern Verstande, wie ein Zirkel darstellen.

Wenn sich ein Rad schnell herumdrehet, so macht jeder hervorragende rauhe Punkt einen Zirkel, und das Ganze bekommt dadurch ein schönes, ebenes, und wohlgeordnetes Ansehen.

Ein Mann steht unter einem Baum, er geht weg; in meiner Seele aber bleibt noch das Bild von dem Manne, der unter dem Baume stand, zurück.

Der Funke im Feuerrade bewegt sich fort, an dem Orte aber, wo er selbst nicht mehr ist, ersetzt sein Bild in meiner Seele seine Stelle.

Wenn ich mir den Mann zugleich unterm Baum, und in seinem Hause wirklich vorstellen wollte, so müßte der Baum und sein Haus eins seyn.

Das Bild des Untermbaumstehens aber liegt noch immer in der Seele, wenn auch der Mann schon wieder in seinem Hause ist.

Das Untermbaumstehen war vorher eben so wirklich, als jetzt das Zuhauseseyn ist; aber ich kann mir doch unmöglich beides zugleich und auf einmal als wirklich denken.

In dem vollkommensten Verstande aber muß beides wirklich neben einander bestehen, und nicht eines auf das andere folgen, weil sich dieser vollkommenste Verstand alles auf einmal und neben einander bestehend vorstellen muß, wenn es anders einen vollkommensten Verstand giebt.

Von den Bewegungen des Menschen wissen wir weiter nichts gewiß, als daß es Veränderungen seiner Vorstellungen sind.

Nun liegen aber alle Vorstellungen, die der Mensch haben soll, in dem göttlichen Verstande schon neben einander da, und der Mensch muß sie nur eine nach der andern durchgehen, und selbst diese jedesmaligen Durchgänge sind in dem göttlichen Verstande schon alle neben einander da.

Bei Gott ist das Vergangene noch eben so wirklich, als das Gegenwärtige. Bei uns bleibt, beim Anschauen des Gegenwärtigen, doch das Bild vom Vergangenen noch zurück. Das macht uns ihm ähnlich.

In ihm steht das ganze Leben des Menschen ewig, wie ein Gemählde neben einander da, worinn Licht und Schatten auf das herrlichste vermischt sind, der Mensch aber muß es erst durchleben, ehe er dies einsehen kann.

Und giebt es denn wirklich einen solchen vollkommensten Verstand?

O dann freuet sich der erste Mensch in ihm noch seines Daseyns, athmet noch immer paradisische Luft ein, und freut sich seiner reizenden Gehülfin; in ihm verscherzt er noch jetzt sein Glück, und baut mit Mühe den Acker; aber in ihm ist auch sein verklärter Körper schon wieder aus der Verwesung hervorgegangen, und glänzt in ewiger Glorie! –

Welch ein unbegreifliches Gemählde, Kindheit, Jugend, Alter, Tod, Verwesung, Wiederhervorgehen aus dem Grabe, das alles, wie Licht und Schatten neben einander gestellt, mit einem Blick zu umfassen, welch ein wunderbartröstender Gedanke!

Ach, also ist das Vergangene nicht vergangen; so ist alles noch so da, wie es war von Anbeginn, aufbewahret in den allumfassenden Gedanken des Ewigen? –

Wie es mich mannchmal kränkte, wenn ich, beim Vergehen eines Dinges dachte: mit dem ist's nun ganz vorbei, das ist nun auf ewig dahin!

Drum will ich nicht klagen, daß jener Tag mir entflohen ist, an dem ich die ganze Fülle meines Daseyns genoß, wie ich sie auf Erden vielleicht nicht wieder genießen werde.

Dieser Tag dämmert auch jetzt am Horizonte, und ich weiß, daß ich ihn wieder finden werde, wenn mein Gedanke sich dereinst in dem einzigen großen Gedanken Gottes verliehren wird.

Ich will nicht klagen, daß mein Freund im Staube vermodert. –

Er blühet noch in seiner schönsten Jugend. Die unschuldsvollen Jahre seiner Kindheit sind noch nicht verfloßen. Ob er gleich jetzt im Staube zu verwesen scheinet.

Ich bin nur grade in solchen Verhältniß gegen ihn, daß ich den gegenwärtigen Punct seiner Veränderung, Verwesung im Grabe, nur bemerken kann; das Verhältniß aber des Ewigen gegen ihn ist so, daß sein Verwesen im Grabe, und das Aufblühen seiner ersten Jugend, in diesem Augenblicke, zugleich vor ihm dasteht, und daß vielleicht in eben diesen Augenblick sein verklärter Körper aus der Verwesung hervorgeht.

Wo unser Verhältniß aufhört, das scheinet uns vergangen zu seyn. Wir täuschen uns.

Vielleicht wird auch uns einmal die Wonne gewährt, unser ganzes auf einander folgendes Daseyn neben einander zu sehen.

Vielleicht hört auch bei uns einmal, obgleich im eingeschränkten Maaße, die Folge auf, so daß auch wir alles, was wir sind, auf einmal sind, und unsre Ewigkeit zur immerwährenden Gegenwart wird.

Gott hat einen unendlich vollkommenern Begriff von uns, als wir selber haben.

Je mehr wir uns mit ihm vereinigen, desto tiefere Blicke werden wir in uns selber thun. –

Und da wir uns dieses vollkommenste jetzt wenigstens schon denken können, sollte es denn wohl unwahrscheinlich seyn, daß wir dereinst genauer mit ihm vereiniget werden? –

Und würden wlr wohl etwas verliehren, wenn wir in diesem Fall auch unser Selbst aufopfern müßten?

Indem ich unter Sonnenbergs Papieren umherblättere, finde ich Freimaurerreden und Predigten; eine Freimaurerrede, die er bei einer Gesellenaufnahme gehalten hat, und wovon das Manuscript schon sehr alt zu seyn scheint, theile ich hier mit:

Eine Gesellenaufnahme in unsern Orden, meine Brüder, hat für mich allemal, so wie gewiß für einen jeden unter uns, sehr etwas Rührendes und Herzerhebendes.

Welch ein schönes Symbol des immerthätigen aber zugleich mit Gefahren umringten Lebens, sind diese Reisen mit dem auf die Brust gekehrten tödtlichen Stahl, der aber vor dem, der muthig fortschreitet, wie Nebel zurückweicht, indes dem Wanderer jene Music aus der Ferne entgegentönt, die seinen sinkendem Muth belebt, und ihn aufs neue anspornt, nicht eher zu ruhen, bis er das Ziel erreicht hat.

Dem reifer gewordenen sind nun die Augen eröfnet, er sieht nun die Gefahren, die ihm drohen, keine wohlthätige Binde umhüllt nunmehr, wie vormals, seinen Blick.

Darum bedarf er jetzt eines tröstenden Zuspruchs mehr, wie sonst, und sein Ohr ist zugleich eröfnet, den aufmunternden Gesang zu hören, der ehemals für ihn schwieg, und es wächst mit der Gefahr sein Muth. –

Doch, m. Br., wir wollen nicht Bilder durch Bilder aufzuklären suchen! Laßt uns eilen, aus der Region der Phantasie in das Gebiet der ruhigen kalten Vernunft herabzusteigen, damit auch wir desto sicherere Schrite thun. – Laßt uns die einfache Frage beantworten:

Was heißt ein Freymaurerlehrling, ein Freimaurergeselle? Was heißt ein Freimaurer überhaupt? –

Ein freier Maurer heißt eigentlich ein freier Mensch. – Maurer aber sagt mehr; es bedeutet einen thätigen unternehmenden Menschen, der etwas bauet, das heißt, etwas mit Zweck und Absicht unternimmt. –

Wer nicht auf eine vernünftige weise thätig ist, der braucht auch nicht frei zu seyn. – Der unthätige Mensch sey sein ganzes Leben hindurch in einem Kerker eingesperrt – die Welt wird nichts dabei verlieren. – Der Maurer soll noch mehr, als bloß mit Zweck und Absicht, thätig seyn – denn wer ist das nicht. –

So lange wir bei Vernunft sind, haben wir immer einen gewissen Zweck und Absicht bei allem, was wir unternehmen. – Nur Schade, daß wir so oft dieser Zweck selber sind. – Ein Maurer bauet ja nicht für sich allein, indes sein Nachbar ohne Obdach Frost und Regen ausgesetzt ist – auch bauet er nicht bloß für die Zeit, worin er lebe; sondern seine festen Mauern sollen noch lange nach seinem Tode, dem Einwohner ein süßer Schutz, den Gast und den Fremdling eine willkommne Herberge seyn. –

Die Maurerei auf die Weltverbrüder oder Gebrüder nicht einmal als Bild, sondern an und für sich selbst betrachtet, ist auf die Weise schon eine der größten, gemeinnützigsten und edelsten Unternehmungen des menschlichen Geistes. –

Als Bild betrachtet aber ist sie das schicklichste Symbol, um eine große edle uneigennützige Thätigkeit zu begehen, wobei wir nicht uns selber zum Mittelpunkte machen, sondern außer uns ins Ganze wirken – und nur eine solche Thätigkeit ist es, die freie Spielrade haben muß. –

Also ein mit Zweck und Absicht uneigennützig thätiger Mensch, der bei seinen Unternehmungen so wenig wie möglich eingeschränkt ist – ist ein Freimaurer. –

Diese Thätigkeit ist eine edle Thätigkeit, edel war nur dasjenige, was nicht gemein ist, wie z. E. ein Edelgestein – nun sind aber eigennützige Unternehmungen einmal gemeiner, als uneigennützige, weil sie so viele Anstrengung erfordern, ja man hält sie sogar der menschlichen Klugheit gemäßer. –

Zum uneigennützigen Handeln gehört also Uebung, welche bei dem Freimaurerlehrling vorzüglich statt finden muß, so daß er, wenn er in den Gesellengrad tritt, schon einige Fertigkeit darin erhalten hat. –

Und wer sich solcher Handlungen nicht bewußt wäre, und vielleicht nicht einmal den Gedanken gehabt hätte, etwas zu thun, wovon der Nutzen nicht auf ihn zurückfiele, und wobei er gewissermaßen seinen eigenen Vortheil aufopfern mußte, der verdiente auch sicher den Nahmen eines Freimaurers nicht. –

Wodurch werden aber nun diese edlen und uneigenuützigen Bestrebungen anders eingeschränkt, als durch die Frucht?

Daher schienen auch alle Symbole vorzüglich mit darauf abzuzwecken, wie ein Freimaurer die Furcht verlernen soll. –

Eins der größten Hindernisse einer uneigennützigen Thätigkeit ist dann aber die Menschenfurcht oder eine falsche Gefälligkeit, wodurch gewiß mehr Gutes in der Welt verhindert ist, als man glauben sollte. –

Denn es ist ja natürlich, daß einer der uneigennützig handelt, dem Eigennützigen, welcher alles auf sich bezogen haben will, sehr oft in den Weg kommen, und alsdenn die Gesetze der Höflichkeit mit denen der Gerechtigkeit und Billigkeit zusammenstoßen. –

Hier ist es eben, wo der Freimaurer frei, und nicht nach Menschenfurcht und Menschengefälligkeit handeln muß. – Darum übt er sich bei unsern Zusammenkünften, die Menschen als sich alle gleich und als Brüder zu betrachten, damit er sich nicht durch das Verhältniß der Stände abhalten läßt, das zu thun, was er für recht hält. –

Er wird deswegen kein Aufwiegler – denn er lernt sich der Nothwendigkeit unterwerfen – wo er keine Möglichkeit sieht, der Ungerechtigkeit, der Unterdrückung abzuhelfen, da verschwendet

er seine Kräfte nicht vergeblich, um sie auf Fälle zu sparen, wo sich
lhm bessere Aussichten eröfnen. –

Er weiß, daß er sich dem Sturm, dem Ungewitter, der Krankheit,
dem Tode, unterwerfen muß, die alle stärker sind, als er, weil es
vergeblich, weil es lächerlich seyn würde, dagegen anzukämpfen. –

Eben so wie dem unwiderstehlichen Druck der Luft unterwirft er
sich jeder stärkern Macht, der er nicht widerstehen kann, und in
dieser Unterwerfung, in dieser Resignation findet er eben seine
höchste Freiheit. –

Er findet sie darin, daß er nichts will, was er nicht könne, aber
daß er auch alles will, was er kann. –

Und der Mensch kann erstaunlich viel, wenn er alle seine Bestrebungen auf ein einziges Ziel hinrichtet. –

Er hat sich auf die Weise die thierische Schöpfung, er hat sich die
Elemente unterwürfig gemacht. –

Wie vielmehr können also nicht die vereinigten Kräfte vieler
Menschen ausrichten, wenn sie alle auf ein Ziel hinarbeiten – sich
untereinander zu vervollkommnen, untereinander wechselseitig
ihren Muth zu beleben, und sich gemeinschaftlich in der Mäßigkeit,
Standhaftigkeit und Uneigennüßigkeit zu üben. –

Eine geringe Anzahl mäßiger, standhafter, und uneigennütziger
Menschen, die sich alle zu einem Zwecke vereinigten, würden,
wenn sie mit der gehörigen Klugheit zu Werke gingen, in der Welt
Wunderdinge ausrichten. –

Allererst muß freilich auf die innere Vervollkommnung hingear-
beitet werden. –

Der Mensch, der andern Glückseligkeit und Zufriedenheit mittheilen will, muß erst selbst völlig glücklich und zufrieden seyn. –

Das wird er aber bloß durch Mäßigung seiner Begierden, und einer völligen Resignation.

Wer sich von der gewöhnlichen Klasse der Menschen durch ein
höheres Freiheitsgefühl unterscheiden will, muß nothwendig ge-
lernt haben, jedes Gute des Lebens zu besitzen, ohne sich zu fürch-

ten, es zu verlieren. – Denn nur alsdann ist ihm der Genuß gesichert. –

Der genießt gewiß sicher sein Leben am meisten, der es am wenigsten zu verlieren fürchtet – und der handelt auch am freisten. –

Daher beziehen sich unsere Symbole so häufig auf eine gewisse Gleichgültigkeit und Unerschrockenheit vor dem Tode –

Die Furcht verengt das Herz, und macht es großer Empfindungen unfähig. – Wer für sich nichts mehr fürchtet, ist erst im Stande, für andere großmüthige Wünsche zu thun. –

Wer sich nun nicht täglich in dieser Mäßigung seiner eigennützigen Begierden übt, um für die großmüthigen Gesinnungen in seiner Seele gleichsam Platz zu machen, der verdient den Nahmen eines Freimaurers nicht, und wenn unsere Versammlung diese Mäßigung der eigennützigen Begierden nicht befördern hülfe, so erreichte sie ihren Zweck nicht. –

Die höchstmögliche moralische Vervollkommnung ist also das Ziel, wornach der Maurer strebt, und diese besteht in der zweckmäßigsten und uneigennützigsten Thätigkeit. –

Denn die bloßen Gesinnungen machen die Moralität nicht aus. –

Wer edel denkt muß auch edel handeln – sonst ist seine Denkungsart ein Schwerdt, das in der Scheide verrostet, und edel handeln, lernt man nicht anders, als durch Uebung und durch Beispiel – und beide, wo das Beispiel giebt sowohl als wo es nimmt, gewinnen wechselseitig dadurch. –

Weil nun in der Welt die guten Beispiele so zerstreut sind, so sollten sie in unsern Logen zusammengedrängt seyn, damit dieselben die eigentliche Schule der Weisheit des Lebens würden. –

Dazu müssen denn die einzelnen Subjekte freilich so viel Umgang wie möglich miteinander haben – denn die Maurerei soll uns ja aus unserm kleinen Umgangszirkel in einem größern ziehen, wo wir mehr mannigfaltiges Gute sehen, als wir sonst Gelegenheit haben. –

Wo wir uns in alle Rechte der Menschheit wieder eingesetzt fühlen. –

Wo alle an der Wohlfahrt eines jeden einzelnen Theil nehmen, und bei seinen Schicksalen nicht gleichgültig sind, –

Wo das, was unsere wahre Glückseligkeit ausmacht, zur Sprache kömmt. –

Wo ein jeder die Vortheile, die er durch eigne Erfahrung zu einer wahren Glückseligkeit ausfindig gemacht hat, und seine mißlungenen Versuche, den andern mtttheilt. –

Wo alles uns anmahnen soll, da< Leben zu genießen, und den Tod nicht zu fürchten – uns zu unterwerfen, wo wir müssen, und die Rechte der Menschheit zu vercheidigen, wo wir können. –

Wo wir lernen, daß wir nicht thätig seyn müssen, um zu genießen, sondern nur genießen, um wieder thätig seyn zu können. –

Daß zwar in seinem bürgerlichen Beruf getreu zu seyn, schon viel sey, aber daß der edle Mensch sich dennoch eine Mine zu eröfnen sucht, wo er mit selbstgewahlter Thätigkeit und auf eine uneigennützige Art wirksam seyn kann. –

Wo wir beständig aufmerksam auf die Kürze unsers menschlichen Lebens erhalten werden, damit wir den gegenwärtigen Augenblick nutzen lernen. –

Da nun alles darauf ankommt, immer mehr Kräfte, immer mehr Thätigkeit zu edlen Endzwecken in Umlauf zu bringen, da selbst das Leben bloß durch diese Thätigkeit sich vom Tode unterscheidet – o so laßt uns auch dahin sehen, daß in unsern Versammlungen immer Leben und Thätigkeit herrsche, daß das Band zwischen uns immer genauer geknüpft werde, daß dieß der Ort sey, wo wir uns unsre edelsten Entschließungen mittheilen, und von dem, was uns Gutes gelungen ist, einander Rechenschaft ablegen. –

Laßt uns die feierliche Pause in unserer Arbeit dazu nutzen, daß wir, von einem Geiste belebt, unsere Gedanken zu irgend eine schöne Entschließung sammlen, die wir schon lange mit uns herumtrugen und nun ausführen wollen. –

Laßt uns gemeinschaftlich darauf denken, wie wir unsre Versammlungen, so nützlich und zweckmäßig, wie möglich, machen. –

Ich wende mich noch mit wenigen Worten an euch, meine geliebten neuaufgenommenen Brüder. –

Seyd uns willkommen zu den neuen Arbeiten, welche ihr euch jetzt mit uns gemeinschaftlich unterziehet. –

Erhaltet uns eure Liebe und euer Zutrauen, und laßt uns nun Hand in Hand, dem großen Ziele der Maurerei entgegen gehen, das wir, wenn wir nur einmal den rechten Weg eingeschlagen haben, hier oder dort gewiß erreichen werden!

An dem Stiftungstage einer Loge.

Heilig ist jeder Tag dem Maurer,
Wo ihm eine edle That gelang.
Er feiert ihn nicht mit Geräusch und Prunk
Sondern auf seiner stillen Kammer
Wenn er vor Gott seine Handlungen prüft.
Heilig ist ihm auch der Tag,
Wo Menschen in Bündniß treten,
Wodurch sie besser und glücklicher
Und edler und weiser werden.
Denn ist nicht der Anfang jedes Guten
Des innigsten Dankes der innigsten Freuden werth,
Weil nur durch ihn
Das erwünschte Mögliche ihm wirklich ward –
Sind wir nun auch durch dies Bündniß
Das uns alle zusammenknüpft
Wirklich besser und glücklicher
Und edler und weiser geworden;
Ist es, seitdem wir diesem Bunde knüpften,
In unsern Köpfen heller,
In unserer Seele stiller,
Und ruhiger in dem sich sonst empörenden Herzen –

O so sey uns dieser Tag nicht minder wichtig
Als der, welcher uns das Leben gab.
Zählten wir statt edler Fortschritte im Guten
Jedes Jahr
Nach Mahlzeiten, die wir genossen,
Bis zu diesem festlichen Tage,
So muß er von nun an
Unter den gleichgültigen Tagen
Des Jahrs vergessen seyn!
Denn was kümmert mich der Anfang dessen
Wodurch weder Böses verhindert
Noch Gutes gefruchtet ward!
Bei jeder menschlichen Unternehmung
Frägt die Vernunft, wo ist das Ziel davon?

Und findet sie keinen,
So ist die Unternehmung Kinderspiel und Tand.
Und was giebt es wohl für ein edlers Ziel des Maurers,
Als den höchsten Grad
Der Mäßigkeit und Standhaftigkeit,
Eine weise Unerschrockenheit
Eine unerschütterliche Rechtschaffenheit
Und eine unübersehliche Wahrheitsliebe zu erlangen?
Die Furcht muß der Maurer verlernen
Um groß und edel zu handeln
Predigen das nicht alle Symbole der Maurerei?
Uns der Notwendigkeit zu unterwerfen
Standhaft zu seyn in Gefahren
Unerschrocken vor dem Tode
Der für die Edeln
Wer bei jedem Schritte, den er thut,
Sein Leben, sein Ansehen, seinen Gönner,
Seine Bequemlichkeit zu verlieren fürchtet
Kriecht im Staube –
Und ist zu nichts Großem fähig. –
So wollen denn künftig wir, meine Brüder,
Die uns ein weiseres Band verknüpft
Uns einander vor dem Müßiggange
Der Weichlichkeit und der Unmäßigkeit warnen
Das uns allen winkt,
Und unsre Losung sey:
Die Beständigkeit!

Die folgenden Aufsätze sind zum Theil pädagogisch, und scheinen auf dem Unterricht seines Sohnes abzuzwecken, oder für einem seiner Freunde aufgesetzt zu seyn, dem er dadurch eine Anleitung zur Entwickelung der Begriffe bei Kindern geben wollte. Dieser Freund ist, wie ich von dem Hirtenknaben erfahren habe, ein Prediger, der zwei Meilen von hier wohnt: von ihm hoff' ich mehr Auskunft über Sonnenbergs Schicksal zu erhalten.

»Was ist denn Tugend?« fragte der kleine Amint seinen Vater –

Der Vater schwieg eine Weile, als dächte er an etwas anders – dann sagte er: komm, laß uns ein wenig im Garten spatzieren gehn!

Als sie nun im Garten hinter dem Hause spatzieren gingen, so zeigte der Vater dem kleinen Amint die fruchttragenden Aepfel-, und Birnbäume, und machte ihn aufmerksam, wie die Zweige unter ihrer Bürde sich niedersenkten. –

Insbesondre stand ein schöner Apfelbaum im Garten, der alle übrigen an Fruchtbarkeit übertraf – man war zweifelhaft, ob man mehr Blätter oder Früchte auf diesen Baume zählen sollte, so hatte sich manchmal an einem einzigen Zweige eines kleinen Astes eine ganze Traube rothwangigter Aepfel zusammengedrängt, welche die Stütze, die sie emporhielt, zu zerbrechen drohte.

Der kleine Amint konnte diesen Baum nicht genug betrachten, so sehr ergötzte ihn der Anblick desselben.

Dieser Baum ist mir auch sehr werth, sagte der Vater, die Aepfel die er trägt, sind sehr gesund und wohlschmeckend, und er trägt ihrer gewöhnlich so viele, daß wir fast den ganzen Winter über nach der Mahlzeit unsern Gaumen damit erfrischen können. –

Der Nachbar von diesen Baume, siehst du, trägt eben die Art von Frucht, aber er hat lange die Tugend nicht, wie dieser?

Tugend, Vater? – sagte der kleine Amint – kann denn ein Baum auch Tugend haben? – was ist denn Tugend?

Ich meine nur, sagte der Vater, daß der Nachbar von diesem Baume noch nie so viele und so schöne Früchte, als dieser, getragen hat, ob sie beide gleich von einem Alter, und von einer Art sind. –

Dieser Apfelbaum, der mir so werth ist, hat in zwölf Jahren nur einmal schlecht, und sein Nachbar hingegen hat in eben diesem Zeitraum nur einmal gut getragen – darum habe ich gesagt, daß dieser lange nicht die Tugend, wie jener habe. –

Der kleine Amint war sehr aufmerksam, auf das, was sein Vater sagte, und ob ers gleich noch nicht völlig verstand, so dachte er sich doch etwas dabei. –

Sie gingen darauf wieder ins Haus – und stellten sich eine Weile vor die Thüre, die nach der Straße zu ging. –

Da waren ein paar Knaben auf der Straße, die hatten sich an einer Mauer ein Ziel gemacht, nach welchem sie mit einem Schleuder warfen. –

Sie warfen immer wechselsweise. – Und während daß der eine von den beiden Knaben, das Ziel neunmal nacheinander traf, hatte der eine es nur ein einzigesmal getroffen. –

Der eine Knabe ist doch weit geschickter im Werfen, als der andre, sagte der kleine Amint zu seinem Vater. –

Man kann doch nicht wissen, sagte der Vater, dem andern kann sein Wurf nur vielleicht so oft mißlungen seyn. ––

O lieber Vater, sagte Amint, das ist nicht wohl möglich, wenn du bedenkst, daß der eine neun mal nacheinander das Ziel getroffen hat, während der andere es nur einmal traf. –

Wir wollen sehn! sagte der Vater! Sie standen noch wohl eine halbe Stunde an der Thüre, und derjenige von den beiden Knaben, welcher zuerst neunmal nacheinander das Ziel getroffen hatte, traf es nun noch zwanzigmal, ohne ein einzigesmal zu fehlen, während daß der andere, welcher immer wechselsweise mit ihm warf, es nur zwei bis dreimal treffen konnte. –

Siehst du nun wohl, Vater, daß der eine Knabe geschickter im Werfen ist, als der andere? sagte der kleine Amint. –

Ich sehe es! antwortete der Vater.

Als der kleine Amint nach Tische mit seinem Vater über die Straße ging, so kamen sie vor dem Hause eines Nachbars vorbei, der ein reicher Brauer war, und in einem alten zerrißnen Schlafrocke eingehüllt, und dem Kopf in eine große Mütze eingesteckt, aus dem Fenster sahe. Dieser winkte einen Bettler heran, und gab ihm einen Dreier. –

Das wundert mich, sagte Amint, daß unser Nachbar einen Bettler heranwinkt, und ihm einen Dreier in den Hut wirft. –

Warum wundert dich das? fragte der Vater. –

Weil das sonst gar seine Gewohnheit nicht ist, sagte Amint – ich habe sonst wohl gesehen, daß er herausgekommen ist, und die armen Leute mit einem großen Prügel vor seiner Thüre weggejagt hat. –

Aber wenn nun unser Nachbar, der Schmidt, einen armen Mann an seinen Fenster gewinkt, und ihm einen Dreier in den Hut geworfen hätte, würdest du dich auch darüber gewundert haben? –

O nein, darüber würde ich mich gar nicht gewundert haben – antwortete Amint –

Und warum nicht? fragte der Vater weiter –

Das ist ja sehr natürlich, versetzte Amint, daß ich mich darüber nicht wundern werde, weil unser Nachbar der Schmidt immer den Armen giebt – man ist das schon einmal von ihm gewohnt. –

Wem hälst du also für freigebig, fragte der Vater, unsern Nachbar den Brauer, der alle Jahr etwa einmal giebt, oder unser Nachbar den Schmidt, der immer giebt?

Versteht sich, unsern Nachbar, den Schmidt, erwiderte Amint. –

Welcher von den beiden Knaben, denen wir heute morgen zusahen, hälst du denn nun für eigentlich geschickt im Werfen, den, der unter zwanzigmalen kaum dreimal, oder den, der zwanzigmal nacheinander das Ziel traf? –

Versteht sich, den letztern; erwiederte Amint. –

V. Aber welchen von den beiden Apfelbäumen in unsern Garten hälst du für eigentlich fruchtbar, den der in zwölf Jahren nur einmal gut, oder den, der in eben so vielen Jahren nur einmal schlecht getragen hat?

A. Natürlicherweise den, der in so langer Zeit nur einmal schlecht und sonst immer gut getragen hat.

V. Du nanntest also den Schmidt dieserwegen freigebig, weil er gewöhnlich giebt; und den Knaben deswegen geschickt im Werfen, weil er gewöhnlich das Ziel trift; und den Baum fruchtbar, weil er gewöhnlich viel Früchte trägt; nicht wahr?

A. Freilich, deswegen.

V. Natürlicherweise gefällt dir auch wohl der freigebige Nachbar besser, als der Unfreigebige?

A. Nicht anders.

V. Und der im Werfen geschickte Knabe besser, als der unge-
schickte?

A. Freilich.

V. Und der fruchtbare Baum besser, als der unfruchtbare?

A. Natürlich.

V. Aber von diesen dreien, was verdient nun wohl am meisten
die Achtung und Liebe, der fruchtbare Baum, der im Werfen geschickte Knabe, oder der freigebige Schmidt?

A. Ohne Zweifel der freigebige Schmidt. –

V. Warum gerade der? – Der fruchtbare Apfelbaum bietet dir ja
seine Früchte dar, und läßt sie willig von dir abpflücken – er ist ja
weit freigebiger, als der Schmidt. Der Schmidt giebt nur den Armen,
die es bedürfen, aber dir giebt er nichts, weil du alles hast, was du
bedarfst – auch wird er nie sein ganzes Vermögen wegschenken. –
Der Baum hingegen bietet dir und einem jeden alle seine Früchte
dar, der nur die Hand darnach ausstrecken will, um sie abzupflücken. –

A. Aber deswegen kann ich ja doch den Baum nicht eigentlich
lieben und achten.

V. Warum kannst du ihm nicht lieben und achten?

A. Weil er es selbst nicht weiß, daß er die Früchte darbeut, noch
daß sie von ihm abgepflückt werden. –

V. Ist denn der Baum nicht freigebiger, als unser Nachbar der
Schmidt?

A. Nein, denn der Schmidt weiß es, daß er giebt, aber der Baum
weiß es nicht, daß er giebt. –

V. Aber er giebt doch.

A. Nein, er giebt auch nicht eigentlich.

V. Warum giebt er denn nicht eigentlich?

A. Wenn ich nicht weiß, daß ich jemanden etwas gebe, so gebe ich
ihm auch nichts. –

V. Wenn du z.B. im Schlafe einen Apfel in der Hand hieltest, und zufälliger Weise den Arm ausstrecktest, als ob du ihn jemanden darreichtest, und einer nähme ihn dir aus der Hand, so hätte der ihn zwar genommen, aber du hättest ihn nicht gegeben.

A. Nein, denn ich hätte nicht daran gedacht, daß ich ihn hätte geben wollen. –

V. Kann aber der Baum je daran denken daß er irgend jemanden seine Frucht darreicht?

A. Niemals.

V. Also giebt der Baum auch niemals?

A. Nein!

V. Und kann auch nicht als freigebig betrachtet werden?

A. Auf keine Weise.

V. Aber fruchtbar kann ich ihn nennen?

A. Freilich.

V. Der Baum in unsern Garten ist also nur fruchtbar – aber der Schmidt in unserer Nachbarschaft ist wohlthätig und freigebig – das ist ein erstaunlicher Unterschied – alle fruchtbaren Bäume in der Welt zusammengenommen, können das nicht, was ein Mensch kann; sie können das kleinste von ihrer Frucht nicht geben, weil sie es geben wollen, sondern müssen, gleich einem Menschen, der in tiefen Schlummer liegt, sich bloß leidend verhalten, wenn ihre Frucht ihnen abgepflückt wird – – es ist also sehr natürlich, daß du mehr Liebe und Achtung für einen wohlthätigen Menschen, als für den allerfruchtbarsten Baume in der Welt haben mußt, obgleich der fruchtbare Baum auch seinen Werth hat, wie der in unserm Garten, der mir auch weit lieber ist, als sein Nachbar, welcher fast gar keine Früchte trägt – wenn er sich das künftige Jahr nicht bessert, so werde ich ihn abhauen lassen, weil er zu nichts weiter taugt.

A. Kann er sich denn bessern, Vater?

V. Bessern nun wohl eigentlich nicht, aber er kann doch mehr Früchte tragen, wenn er das nicht thut, so laß' ich ihn umhauen. –

A. Der arme Baum! – Er hat ja doch nichts Böses gethan!

V. Dafür soll er auch nichts Böses leiden.

A. Und du willst ihm doch umhauen lassen.

V. Freilich, das wird ihm nicht weh thun – es soll auch keine Strafe für ihn seyn, sondern er soll nur nicht unnütz bleiben – wenn er abgehauen ist, taugt er noch immer zu etwas, wenn es auch nur wäre, daß er im Winter ein paar Tage lang unser Zimmer heitzte – aber so wie er unfruchtbar da steht, taugt er zu gar nichts, und an seiner Stelle kann ein besserer und fruchtbarerer Baum stehen. –

A. Das ist wohl wahr – aber wenn uns nun gleich der Baum die Stube heitzt, so ist er denn doch kein Baum mehr – darum dächt' ich doch, du liessest den Baum lieber stehen, und gönntest ihm den Platz – wenn er denn gleich nur wenig Früchte trägt, so bleibt er doch immer noch ein Baum. –

V. Du bedenkst nicht, daß der Baum gar nicht dasteht, bloß um dazustehen, und ein Baum zu seyn – sondern er soll zu etwas taugen, er soll nützlich seyn. – Denn an Baumen fehlt es nicht in der Welt, eben so wenig, wie an Menschen – aber ein jeder Mensch soll auch zu etwas taugen, zu etwas nützlich und brauchbar seyn. – Wie z. B. unser Nachbar der Schmidt, der in unserm ganzen Hause die Schlößer an die Thüren angelegt hat, und ein sehr geschickter Arbeiter ist – wenn der den ganzen Tag die Hände in den Schooß legen, und auf seinem Lehnstuhl sitzen wollte, so würde er nicht das Vergnügen haben, den Armen so viel geben zu können, als er jetzt thut. – Jetzt ist er ein sehr nothwendlger Mann in seinem Hause – seine Kinder, die er so unterrichtet, und zum Guten anhält, wie ich dich unterrichte, und zum Guten anhalten, würden sehr viel an ihm verlieren, wenn er stürbe; die Armen und Nothleidenden, denen er geholfen hat, würden seinen Verlust ebenfalls sehr stark empfinden; und denn würde auch seine Stelle nicht leicht wieder durch einen eben so geschickten und guten Arbeiter ersetzt werden. – Das alles giebt nun dem Manne einen großen Werth – besonders, da ihm alles Gute, was er an sich hat, schon so zur Gewohnheit geworden ist, daß man sich in allen Stücken fest auf ihn verlassen kann – wenn er eine Arbeit nicht fertig machen kann, so verspricht er es auch nicht; hat er sie aber einmal versprochen, fertig zu machen, so hält er sein Wort unverbrüchlich. – Er giebt den Armen nicht nur Geld, sondern steht ihnen auch mit seinem Rathe und Vorwort bei, wo er kann. –

Ganz fremde Leute wenden sich zuweilen an ihm, bloß ihn in wichtigen Sachen um Rath zu fragen, so groß ist das Zutrauen, das er sich durch seinen rechtschaffenen Wandel nun bei allen Menschen erworben hat. – Wenn nun dieser Mann sein schweres Tagewerk vollendet hat, so sitzt er des Abends unter seinen Kindern, und unterrichtet sie, wie sie es machen sollen, um auch einst so gut und rechtschaffen, wie er zu werden.– –

A. O, das muß ein vortreflicher Mann seyn, unser Nachbar, der Schmidt. –

V. Das ist er. – Du wolltest doch von mir wissen, was die Tugend sey. – Das kann ich dir für jetzt noch nicht sagen – aber so viel kann ich dir sagen: unser Nachbar, der Schmidt, ist ein tugendhafter Mann.

Die Behutsamkeit:

Eines Abends kamen drei Wanderer in einer Herberge zusammen, und weil es sich gerade fügte, daß sie alle drei einerlei Ziel ihrer Reise hatten, so beschlossen sie, sich unterwegs zusammenzuhalten, um sich theils durch angenehme Gespräche den Weg zu verkürzen, und theils auch in Gefahr einander beizustehn.

Jeder ergriff also am folgenden Morgen früh seinen Wanderstab, und sie traten zusammen ihre Reise an. –

Die Sonne ging schön auf, und mahlte ihnen mit ihren ersten Strahlen die schönsten Aussichten auf ihren Weg hin, woran sich ihr Auge ergötzen konnte. –

Sie freuten sich alle drei des schönen Morgens, und keiner unter ihnen war traurig oder niedergeschlagen. –

Als aber das Gespräch unter andern auf den Weg fiel, den sie an diesem Tage noch zurücklegen wollten – so fing der eine an zu zittern und zu zagen, weil sie durch einen Wald mußten, den man, wegen Rubereien und Mordthaten, die darin verübt wurden, für unsicher hielt. –

Der andre schalt diesen eine feige Memme, und sagte, daß er seinen Mann schon stehen wolle, wenn er es auch allein mit sechsen aufnehmen sollte.

Der dritte sagte nichts, als daß er seine beiden Gefährten ermahnte, ihre Schritte zu verdoppeln, damit sie noch vor Sonnenuntergang durch den Wald kämen.

Sie waren noch nicht viele Schritte gegangen, so kamen sie an einen schmalen Steg, der über einen ziemlich breiten und tiefen Fluß führte. –

Hier zeigte sich nun die große Verschiedenheit dieser drei Wanderer, die sich am Morgen früh noch so ähnlich schienen, sehr auffallend. –

Der eine blieb furchtsam und zitternd am Ufer stehen, ihnen schauerte schon vor dem Gedanken, diesen schmalen Steg zu betreten. –

Der andre, der gesagt hatte, daß er seinen Mann schon stehen wolle, dachte dem Furchtsamen recht zu beschämen, und indem er ohne vor sich hinzusehen, über den Steg hinspringen wollte, als ob er zu beiden Seiten festen Boden hätte, stürzte er Hals über Kopf ins Wasser. –

Während daß der dritte behutsam, vor sich nieder sehend, und mit festem Schritt über den Steg ging, und den Tollkühnen rettete, indem er ihm vom gegenseitigen Ufer einen Ast zuwarf. –

Er ging darauf zurück, und bot auch dem Furchtsamen die Hand, um ihn über den Steg zu leiten, und jener während der Zeit keinen Blick auf eine von beiden Seiten warf, um die ihm drohende Gefahr nicht zu sehen. –

Ohne den behutsamen Wandrer würden also weder der Tollkühne noch der Furchtsame jemals das andre Ufer des Flusses erreicht haben.

Die nun folgenden Aufsätze scheinen nicht lange vor seinen Tode niedergeschrieben zu seyn.

Die Nacht ist lang, aber meine Augen sind schwer.
Ossian.

Den Kopf auf die Hand gestützt saß ein Lebenswandrer auf den Stamm einer abgehauenen Eiche, und blickte in den vorbeifließenden Strom.

Der Strom war tief und schnell, das Wasser gelb und leimicht, und hie und da bildeten sich kleine Wirbel auf der fortschießenden glatten Oberfläche.

Seit dem frühen Morgen hatte der einsamtrauernde mit unverwendtem Blick in die Fluth hinabgesehn, und schon neigte die Sonne sich wieder zum Untergang.

Da hob er sein Klagelied an, und sprach:

»Ich weinte, da meine Mutter mich mit Schmerzen gebahr.«

Zum erstenmale habe ich heute die unaussprechliche Seeligkeit empfunden, mich außer mich selbst zu sehen.– –

Ich sah mich in einem Winkel der Stube sitzen, und schreiben, das Licht mir näher rücken, und den Schirm vorschieben.– –

Ich war ein Gott in dem Augenblick, – ich hätte mich können sterben sehen – – hätte meinen Leib zu Asche verbrennen sehen – und gelächelt. – Ich untersuchte meine Gesichtszüge; und fand erst mürrischen Ernst mit Bitterkeit vermischt darinn.

Dann sahe ich mein Auge sich allmählig erheitern, – und wo war ich, da ich dieß sahe? –

Wo? – – ich hatte keinen Gedanken mehr für das wo – ich war nirgend und doch allenthalben. – Ich fühlte mich aus der Reihe der Dinge herausgedrängt, und bedurfte des Raums nicht mehr.

Nun fühl' ich mich wieder eingekerkert in dieses Beinhaus, in diese zerbrechliche Hütte von Leimen.

Süße Freiheitsstunde, wann erscheinst du wieder?

Über tredition

Eigenes Buch veröffentlichen

tredition wurde 2006 in Hamburg gegründet und hat seither mehrere tausend Buchtitel veröffentlicht. Autoren veröffentlichen in wenigen leichten Schritten gedruckte Bücher, e-Books und audio-Books. tredition hat das Ziel, die beste und fairste Veröffentlichungsmöglichkeit für Autoren zu bieten.

tredition wurde mit der Erkenntnis gegründet, dass nur etwa jedes 200. bei Verlagen eingereichte Manuskript veröffentlicht wird. Dabei hat jedes Buch seinen Markt, also seine Leser. tredition sorgt dafür, dass für jedes Buch die Leserschaft auch erreicht wird.

Im einzigartigen Literatur-Netzwerk von tredition bieten zahlreiche Literatur-Partner (das sind Lektoren, Übersetzer, Hörbuchsprecher und Illustratoren) ihre Dienstleistung an, um Manuskripte zu verbessern oder die Vielfalt zu erhöhen. Autoren vereinbaren direkt mit den Literatur-Partnern die Konditionen ihrer Zusammenarbeit und partizipieren gemeinsam am Erfolg des Buches.

Das gesamte Verlagsprogramm von tredition ist bei allen stationären Buchhandlungen und Online-Buchhändlern wie z. B. Amazon erhältlich. e-Books stehen bei den führenden Online-Portalen (z. B. iBookstore von Apple oder Kindle von Amazon) zum Verkauf.

Einfach leicht ein Buch veröffentlichen: **www.tredition.de**

Eigene Buchreihe oder eigenen Verlag gründen

Seit 2009 bietet tredition sein Verlagskonzept auch als sogenanntes "White-Label" an. Das bedeutet, dass andere Unternehmen, Institutionen und Personen risikofrei und unkompliziert selbst zum Herausgeber von Büchern und Buchreihen unter eigener Marke werden können. tredition übernimmt dabei das komplette Herstellungs- und Distributionsrisiko.

Zahlreiche Zeitschriften-, Zeitungs- und Buchverlage, Universitäten, Forschungseinrichtungen u.v.m. nutzen diese Dienstleistung von tredition, um unter eigener Marke ohne Risiko Bücher zu verlegen.

Alle Informationen im Internet: **www.tredition.de/fuer-verlage**

tredition wurde mit mehreren Innovationspreisen ausgezeichnet, u. a. mit dem Webfuture Award und dem Innovationspreis der Buch Digitale.

tredition ist Mitglied im Börsenverein des Deutschen Buchhandels.

Dieses Werk elektronisch lesen

Dieses Werk ist Teil der Gutenberg-DE Edition DVD. Diese enthält das komplette Archiv des Projekt Gutenberg-DE. Die DVD ist im Internet erhältlich auf **http://gutenbergshop.abc.de**